비스킷

차 례

프롤로그

세상에는 자신을 지키는 힘을 잃어 눈에 잘 보이지 않게 된 사람들이 있다. 여러 가지 이유로 존재감이 사라지며 모두에게서 소외된 사람.

나는 그들을 '비스킷'이라고 부른다.

구운 과자인 비스킷처럼 그들은 쉽게 부서지는 성향을 지녔다. 비스킷은 잘 쪼개지고, 만만하게 조각나며, 작은 충격에도 부스러진다. 그렇게 자신만의 세상에 고립된 비스킷은 눈에 보이지 않는 존재가 되는 것이다.

비스킷은 눈에 잘 띄지 않기에 유령이나 초자연 현상으로 취급되기도 한다. 넓디넓은 세상에 유령이나 초자연 현상이 없다는 건 아니다. 다만 내가 보기에 사진에 희미한 형상이 찍혔다고 호들갑 떠는 경우나 아무도 없는 곳에서 으스스한 느낌을 받을 때는 대부분 주변에 비스킷이 있다.

나는 비스킷을 소리로 인지한다. 미약한 숨소리, 힘없는 발소리, 가볍게 스치는 옷감의 소리를 듣고 그들이 주변에 있다는 걸 안다. 일단 그 소리를 인식하면 곧이어 모습이 보인다.

비스킷은 대체로 형체가 희미하다. 희미한 정도는 비스킷이 자신을 인식하는 태도에 따라 달라진다. 나는 비스킷의 상태를 세 단계로 구분한다.

1단계는 반으로 쪼개진 상태. 보이지 않는 건 아니지만, 딱히 존재감이 있는 것도 아니어서 주변 사람들이 "어? 너 여기 있었어? 몰랐네."라고 말하는 단계이다. 몸 선이 흐리고 전체적으로 선명하지 않다. 시력이 좋은 사람은 1단계 비스킷을 만나면 어쩐지 어두운 사람이라는 인상을 받기도 한다.

2단계는 조각난 상태. 열 명 중 다섯 명이 바로 옆에 있어도 알아보지 못한다. 그만큼 존재감이 불안정하고 자신을 지키는 힘이 약하다. 불투명한 유리 너머를 보는 것처럼 흐릿해서 보았어도 무엇을 봤는지 알 수 없을 때가 많다. 유령이나 초자연 현상으로 인식되는 경우도 2단계에 해당한다. 종종 목소리를 통해 존재감이 드러나서 갑자기 들리는 목소리에 주변인들이 깜짝 놀랄 때도 있다.

3단계는 부스러기 상태. 존재감이 없어 세상에서 사라지기 직전인 단계다. 투명 인간과 비슷할 정도로 잘 보이지 않아 나도 소리로 찾아내기 힘들다. 이때까지 비스킷 3단계인 사람을 딱 한 번 만난 적이 있다. 비스킷 3단계는 오랫동안 자신을 쓸모없는 존재로 여겨 왔기에 주위에서 덩달아 관심을 꺼 버리기도 한다. 그러면 모습을 드러낼 용기가 사라진 비스킷이 자신의 존재를 세상에 더욱 숨기는 악순환에 빠진다.

지금까지 관찰한 바로는 비스킷의 단계는 수시로 변한다. 자신을 인정하는 마음은 하루에도 몇 번씩 무너졌다가 재건되기 때문인 것 같다. 물론 자신을 단단히 지켜 나가며 아예 비스킷이 되지 않는 사람도 있다.

비스킷은 어디에든 있고, 누구나 될 수 있다. 윗집의 아이도 분명 비스킷이 되었을 거다. 그날 밤 윗집에서 들려온 기묘한 울음소리에는 틀림없이 비스킷이 얽혀 있다.

물론 그때 내 상태가 좋지 않았다는 건 인정한다. 울음소리를 듣기 전 유쾌하지 않은 상황으로 방에 틀어박혔으니 당연하다. 누구나 그런 날이 있지 않은가. 햇빛이 나를 조롱하는 것 같고, 내 인생이 너무나 하찮아 아무짝에도 쓸모없다고 느껴지는 날.

내 상태를 약점 삼은 의사는 비스킷이 내 상상의 산물이라는 걸 인정하라고 했다. 그러면 지금까지 헷갈린 것들이 금방 제자리를 되찾을 거라고. 즉 비스킷이 없다는 걸 시인하고 백기를 흔들라는 의미이다. 도대체 환자를 믿지 않는 병원에 입원할 이유가 뭐란 말인가.

내가 하도 방방 날뛰어서인지 주치의인 돌팔이 영감이 윗집에 무단 침입하려던 이유를 진실하게 써내면 타당성을 따져 퇴원을 고려해 보겠다고 제안해 왔다.

나는 병원을 반드시 나가야만 한다. 윗집 남자가 경찰의 등 뒤에서 흘린 섬뜩한 미소가 어떤 의미인지, 그때 왜 비스킷은 탈출할 기회를 포기한 건지 이유를 밝혀내야 하기 때문이다. 지금 확실한 건 비스킷은 도움이 필요하다는 점이다. 어쩌면 목숨이 위태로울 수도 있다.

그러니 이제 서둘러 글을 쓰려고 한다. 이 글이 어쩌면 내가 틀렸다는 걸 돌아보는 과정일지라도 말이다.

학원의 시끄러움

어디서부터 이야기하는 게 좋을까. 그래, 아무래도 그 목요일이 좋겠다. 그날부터 무심코 저지른 몇 가지 일들이 얽히고설켜 악연을 만들어 냈으니까. 마지막 퇴원일에서 일주일 정도 지났을 때로 돌아가 그간의 사정을 풀어내 보겠다.

장기간 집을 떠나 본 사람은 알 테지만 집으로 돌아온 지 일주일이면 특별한 일정은 마무리되고도 남는다. 친구들과 오랜만에 만나 근황 토크를 하며 고등학생의 일상은 늘 비슷비슷하다는 걸 깨닫는 일들 말이다. 고등학교에 입학한 뒤 처음 맞는 여름 방학을 기념해 특별히 퇴원을 허락받았는데, 다들 학원에 다니거나 아르바이트로 바빠서 짜릿한 우정 여행은커녕 얼굴을 보는 것조차 친구들 일정에 맞춰야만 가능했다.

그렇다고 내가 바쁘지 않았다는 말은 아니다. 나도 바빴다. 엄마는 내가 퇴원할 거라는 소식을 듣자마자 유명한 영어 학원에 미리 등록하고 날 기다렸다. 엄마 말에 따르면 나는 한국에서 살 수 없다고 했다. 엄마가 말하는 요양원, 아버지가 말하는 '거기'에 들락대기 때문이다. '신경 전문 정신 치료 센터'라는 정식 명칭으로 부르지 않는 걸로 보아 부모님은 정신과 치료를 받은 일이 내 장래에 큰 걸림돌이 될 거라고 생각하는 모양이었다. 그게 아니어도 내 미래에 걸림돌은 널렸는데 말이다.

나는 소리에 관한 치료를 세 가지나 받고 있다. 소리 강박증, 청각 과민증, 소리 공포증. 갑자기 세상에 던져진 신생아처럼 어리둥절한 채로 소리의 습격을 받는 거라고 여기면 내 병들을 이해하기 쉽다. 소리의 습격에 속수무책으로 당하면 세상이 아주 납작해져 숨이 잘 쉬어지지 않는다.

더 고약한 건 소리를 의식하는 명확한 기준이 없다는 거다. 그때 그때의 기분이나 컨디션에 따라 기준이 달라져 어떨 땐 시계 초침도 소음이 되고 어떨 땐 공사장을 지나더라도 전혀 시끄럽다고 느끼지 않는다.

돌팔이 영감이 진단한 바론, 스트레스로 신경계에 무리가 생긴 거란다. 신경계 호르몬 치료가 도움은 되지만 거슬리는 소리를 내는 것들에게 보복하고 싶어 하는 강박 행동은 약물로 완치가 어렵다고 했다.

아무튼 내가 정신 치료 센터에 들락댄다는 건 비밀이다. 내 신분은 미국 동부 어디쯤으로 수시로 어학연수를 가는 연수생으로 포장돼 있다. 엄마는 내가 퇴원할 때마다 주변 사람들에게 아들이 유창한 영어 실력을 위해 해외로 단기 연수를 다녀왔다거나 몇 주쯤 교환 학생으로 머물다 귀국했다거나 혹은 외국에 있는 친척 집에서 팔자 좋게 휴가를 보내고 왔다고 둘러댔다.

엄마는 아직 진실을 모르지만 나를 제대로 아는 사람들은 그게 사실이 아니라는 걸 안다. 엄마는 내 배경 만들기에 쓸데없는 에너지를 낭비하고 있다. 뭐 그렇다고 딱히 말릴 생각은 없다.

"어학연수생이니까 당연히 영어는 좀 할 줄 알아야 하는 거잖아."

내 눈치를 보며 영어 학원에 다니길 제안했을 때도 반대하지 않았다. 엄마에게는 엄마로서의 체면이 있을 테니 되도록 엄친아 흉내에 응한다. 엄마가 기죽는 것보단 낫지 않은가. 여하튼 그런 연유로 나는 그 목요일에도 영어 학원에 갔다.

집을 나서기 전, 이어폰을 귀에 꽂고 낮은 볼륨으로 클래식을 틀자 세상과 단절된 느낌이 몰려왔다. 나는 아직도 커널형 유선 이어폰을 쓴다. 귀에 맞춤한 형태라 외부 소음이 잘 차단되기 때문이다. 이어폰을 바꾸면 미세하게 달라진 소리에 적응이 안 되는 이유도 있다. 홀가분하면서도 외로운 느낌을 어깨에 걸치고 세 정거장 떨어진 영어 학원으로 천천히 걸어갔다. 버스를 타면 시원하겠지만 다른 사람과 부대끼는 게 싫어서 걷기로 했다.

반복 재생을 위해 핸드폰 잠금을 푸는 순간, 오토바이 무리가 굉음을 뿜으며 지나갔다. 다섯 대나 되는 오토바이가 고막을 찢을 듯한 엔진 소리를 울려 댔다. 저 자식들은 도로를 전세 냈나? 뒤따라가서 복수하고 싶은 걸 꾹 참으려니 몸속에서 무언가 부글부글 끓었다.

학원에 도착해 자판기에서 콜라를 뽑은 뒤 교실로 들어갔다. 덕환이가 손을 들어 반겼다. 덕환이는 어린이집부터 고등학교까지 같이 다닌 절친이다. 공부를 아주 잘하고, 비스킷이 된 적도 없다. 성적이 전교 삼 등 안에 든다는 사실만으로도 학교에선 존재감이 확실해진다. 게다가 덕환이는 스스로도 유능한 자신을 인정하고 사랑하니, 앞으로도 비스킷이 될 일은 없을 것이다.

덕환이의 옆자리에 앉아 이어폰을 빼자 의자 끄는 소리가 들렸다. 조짐이 안 좋았다. 사람이 많이 모인 곳에서는 다양한 소음이 필연적으로 발생하지만, 그걸 감안해도 학원은 참으로 신경을 건드리는 소리의 집합체이다. 책상을 살짝 밀거나 문을 벌컥 여는 일상적인 소리마저 조용히 집중해야 하는 교실에선 짜증 나는 소음으로 변해 버리고 만다. 그중 내가 가장 못 참는 소리는 볼펜을 딱딱거리는 것이다. 볼펜 꼭지를 반복적으로 누르는 별것 아닌 행동에 나는 가끔 이성의 끈을 놔 버린다.

무의식적으로 그러는 거라면 손톱을 깨문다든가 머리를 꼬는 것처럼 타인에게 지장을 주지 않는 습관으로 바꾸는 건 어떨지 제안하고 싶다. 특히 두 번째 줄에 앉은 보노보(피그미침팬지)를 닮은 녀석에게. 수업이 시작된 지 오 분도 지나지 않아 볼펜을 딱딱거리기 시작해 삼십 분 동안 저러고 있다. 교실을 박차고 나가지 않는 한 외면할 도리가 없는 무신경한 행동이었다. 덕환이도 거슬렸는지 헛기침으로 주의를 줬는데도 멈추지 않았다.

신경 쓰지 않으리라. 원어민 선생의 발음에만 집중하리라. 그렇게 다짐할수록 소리는 달팽이관을 찌르듯 파고들며 관자놀이까지 찍어 대었다. 설상가상으로 딱딱거리는 소리를 의식하기 시작하니 펜을 굴리는 소리, 침을 삼키는 소리, 심지어 원어민 선생이 웃는 소리마저도 귀에 거슬렸다. 인내심을 필사적으로 발휘해 당장이라도 교실을 뛰쳐나가고 싶은 마음을 꾹 눌렀다.

마침내 쉬는 시간이 오자 보노보가 드륵, 소리를 내며 자리에서 일어났다. 오랑우탄을 닮은 녀석과 서로 밀치며 문 쪽으로 갈 때부터 불안했는데, 결국 중심을 잃은 보노보가 뒤쪽 책상에 있던 텀블러를 팔뚝으로 쳤다. 음료가 쏟아지자 책상 주인이 당황하며 몸을 뺐다.

"뭐야? 사람 있었네. 언제부터 거기 있었냐?"

보노보가 피식 웃더니 사과도 없이 문밖으로 나갔다. 책상 주인은 덩그러니 남겨진 모양새가 되었다. 교실이 다시 아무 일 없었다는 듯 북적거렸다. 책상 주인은 무안한 듯 빨개진 얼굴로 손수건을 꺼내 바지와 바닥을 닦아 냈다. 나는 미간을 찌푸린 채 그 애를 빤히 쳐다보았다. 확실히 흐렸다.

"왜 그래?"

"비스킷이 있어."

덕환이가 안경을 고쳐 쓰더니 눈을 가늘게 뜨고 그 애가 있는 쪽을 바라봤다.

"누구? 쟤? 쟤가 비스킷이야?"

"응."

"이상하네. 쟤, 너도 알잖아. 우리랑 같은 중학교 나왔어."

"전혀 모르겠는데. 지금도 우리랑 같은 학교야?"

"고등학교는 달라. 아마 거리가 좀 있는 데로 갔을 거야. 쟤 중학교 때 학폭으로 엄청 시달렸잖아. 근데 이제 와서 비스킷이 되었다니 의외네."

덕환이가 의아해하는 것도 이해가 되었다. 중학교에서 따돌림을 당해 자존감이 낮아질 대로 낮아진 상태에서도 저 애는 비스킷이 되지 않았다. 어쩌면 고등학교에서 더 심한 괴롭힘을 겪고 있을지도 모른다.

"몇 단계야?"

"1단계."

비스킷은 대부분 1단계에 머문다. 가정, 학교, 사회에서 적어도 한 명 이상이 지속적인 관심을 주면 유대감을 통해 자신을 지키는 힘이 유지되기 때문인 것 같다. 학교나 학원에서 따돌림을 당하더라도, 가정에서 지지받고 힘을 얻는다면 2단계나 3단계까지는 가지 않는다.

그러므로 비스킷 1단계는 아직 꺼지지 않은 자존감의 불씨를 어떻게 살려 내느냐가 중요하다.

"아지트에 데려갈 거야?"

아지트는 비스킷이 자존감을 회복하도록 돕기 위해 우리가 마련한 일종의 비밀 기지다. 비스킷을 아지트로 데려간다는 건 자존감이 확실히 굳어질 때까지 도와주겠다는 약속과 같아서 웬만하면 함부로 데려가지 않았다.

"아니. 조금 더 지켜보고."

나는 후드를 당겨 썼다. 당장 저 아이를 도와줄 생각은 없었다. 대신 소음을 유발하고 비스킷에게 무례하게 군 보노보에게 소소한 복수는 할 것이다. 컨디션이 안 좋아져서 돌아가 보겠다고 하자 "성제성, 복수는 안 좋은 거다." 하면서 덕환이가 먼저 교실을 나갔다. 내가 앞으로 할 행동을 예측하고 자리를 비킨 거다.

책상들 사이를 빠져나가며 가방을 메는 척, 보노보의 책상을 가방으로 쓸었다. 교재와 볼펜이 바닥으로 후드득 떨어졌다. 책상 위에 교재를 반듯하게 다시 올려두고 그 옆에 마시다가 만 내 콜라도 잘 놔두었다. 보노보가 쓰던 볼펜은 그대로 손에 쥐고 교실 밖으로 나왔다.

머리 가르마를 선명하게 탄 보노보가 보였다. 오랑우탄과 어디서 나타났는지 모를 다른 세 명과 함께 오토바이 키를 허공으로 던졌다가 받으면서 복도가 떠나가라 웃었다. 운동부인지 떡 벌어진 어깨들이 제법 위협적이다. 행운은 쓰레기통이 보노보 옆에 있다는 것이다. 나는 교실에서 가지고 나온 볼펜을 보란 듯이 손가락에 끼고 돌리면서 쓰레기통 앞까지 갔다.

잘 가라고 인사나 해라.

보노보와 눈이 마주친 순간, 쓰레기통에 볼펜을 버렸다. 가소로운 것들에게 슬쩍 미소를 흘리며 마음속으로 덕담을 하는 것도 잊지 않았다.

용돈 모아서 만년필 같은 좋은 필기구를 쓰든가 해. 다음 세상에선 볼펜을 조심성 없이 다뤄 다른 애들의 공부를 방해하는 인간은 되지 말자.

속이 좀 후련해져 뒤도 돌아보지 않고 계단을 내려왔다. 이제 와 돌이켜 보면 뒤돌아서 보노보의 얼굴을 제대로 확인한 뒤에 특징을 잘 기억했어야 했다. 볼펜을 쓰레기통에 버리고, 마시다 만 콜라를 책상에 놔둔 작은 복수가 그 아이와 끈질긴 인연을 만들어 버릴 줄은 그때는 몰랐다. 원수는 기필코 갚는 성격이라는 걸 첫 만남으로 알 턱이 있나. 그리고 내가 그리 눈에 띄는 사람이었다는 것도. 그런 고로 나는 며칠 뒤에 생길 불상사를 예상도 못 한 채, 그저 복수를 했으니 오늘 밤은 단잠을 잘 수 있을 거라 착각하며 거리로 나왔다.

학원을 땡땡이친 주제에 집으로 돌아가는 건 엄마에 대한 예의가 아닌 것 같아 무작정 저녁까지 거리를 걸었다. 학원이 끝날 시간에 맞춰 당당히 현관문을 열자 뜻밖에도 거실에 이모가 있었다.

"우리 잘생긴 조카, 이제 와? 퇴원하니까 네 훈훈한 얼굴을 자주 볼 수 있어서 이모는 참 좋아."

이모는 낯간지러운 말을 하며 부모님의 결혼사진이 들어 있던 액자 파편을 청소기로 빨아들였다.

"이모가 왜 청소기를 돌리고 있어요? 액자는 어쩌다가 박살 난 거고요?"

"언니가 깼어."

"왜요?"

"어른들의 문제로."

이모가 차분하게 한 설명은 이랬다. 이모는 인권 단체에서 일하면서 수많은 상담 전화를 받는다. 최근 직장 상사에 관한 상담을 받게 됐다. 상사가 자신에게 치근거린 걸 인사과에 말했더니, 직장 선배로서 회사 생활에 관한 충고를 한 것뿐이라며 상사가 발뺌했다는 거였다. 그 직장 상사가 우리 아버지, 그러니까 이모의 형부였다.

"세상 참 좁지?"

좁은 세상에 사는 이모는 하나밖에 없는 언니에게 그 사실을 알렸고, 언니의 남편이 긴급히 소환되었으며, 그 결과가 거실에 흩어져 있었다.

"지금은 안방에서 두 사람이 이 차전 중이야."

몇 초 지나지 않아 엄마가 지르는 고성과 아버지의 변명이 들려왔다. 간간이 울음소리도 들리는 걸로 보아 적어도 둘 중 한 명은 우는 듯했다.

"그럼 이제 두 분 이혼하는 건가요?"

아버지의 스캔들은 이번이 처음이 아니었다. 사 년 전에는 쇼핑몰을 운영하는 '자칭' 배우를 스폰해 줬다가 들켰다. 아버지는 비즈니스 관계로서 도움을 준 것뿐이라고 발뺌했다.

당시에도 함께 있었던 이모의 말에 따르면, 엄마는 이모가 사십 평생 들었던 어떤 단어보다 길게 '스포오오오오오온온온?'을 발음하고 나서는 싹싹 비는 아버지의 뒤통수를 후려갈겼다고 한다. 앞으로 절약 따위는 절대 하지 않겠다는 선언과 함께. 아껴서 무엇 하랴. 이리 허망하게 돈이 새고 있는 것을.

이후로 엄마는 홈쇼핑에 정을 붙였다. 어차피 새는 돈이라면 자신이 모조리 써 주겠다는 각오라도 한 듯 매일 무언가를 샀다. 그리고 표면적일지라도 아버지를 용서한 이후 그다지 많이 먹지 않는데도 매년 살이 찌고 있다. 원래도 통통한 편이었지만, 아버지의 스캔들 이후 착실히 살이 오르고 있다.

내 입장에선 엄마가 거대한 하마가 된다고 해도 상관없다. 건강에 문제만 없다면 말이다. 이모는 엄마보다 두 배 더 뚱뚱하지만 잘 산다. 문제는 이모는 맛있는 것을 행복하게 먹으며 살찌는 거고, 엄마는 배신감에 따른 허망함 때문에 살이 찌고 있다는 점이다. 아무리

쇼핑을 해도 해결되지 않는 헛헛한 감정의 틈이 엄마를 살찌우고 있다. 그러니 이번에야말로 상처를 까뒤집어 결론을 내리는 게 엄마에게 나을지도 몰랐다.

"이모, 오늘 여기서 주무실 거예요?"

"그건 무리지. 내가 부추긴 건 아니지만 결국 고자질한 것처럼 돼서 이 사달이 났는데 어떻게 자고 가니? 이것만 치우고 갈 거야. 근데 왜?"

"그냥, 오늘 엄마랑 있어 주면 좋겠다 싶어서요."

"오늘은 두 사람이 밤새 피 터지게 싸우는 게 나아. 너도 집에 없는 게 좋을 거야. 두 사람이 결론 내릴 때까지 이모 집에서 지낼래?"

"괜찮아요. 잘 데 있어요."

이모에게 단련된 웃음을 지어 보이곤 방으로 들어와 여행 가방에 짐을 챙겼다. 이럴 줄 알았으면 퇴원 후에 짐을 풀지 말걸. 한숨을 쉬며 벽에 걸어 둔 풍경화를 바라봤다.

나는 늘 목가적인 풍경을 꿈꿨다. 파란 하늘에 흘러가는 하얀 뭉게구름과 바람이 떠미는 대로 방향을 바꾸는 풍향계. 그 위로 이따금 작은 새가 날아가는 고즈넉한 풍경을. 마당에는 다양한 종류의 꽃들이 계절마다 피고 지고 어디를 보아도 바람 소리 외에는 들리지 않는 자연 속에 사는 걸 남몰래 소망해 왔다.

그런데 내가 지금 있는 곳은 평화롭고 아름다운 풍경과는 거리가 멀었다. 안방에서 다시금 전투적으로 싸우는 소리가 들려왔다. 나는 한숨을 삼키고 효진이에게 전화를 걸었다.

"말하라, 오버!"

"나 오늘 아지트에서 자야 할 것 같은데, 열쇠 어디 있어?"

"아버지한테 또 구박 받은 거야? 병원에 다시 들어가래?"

효진이는 덕환이와 더불어 어린이집 동창이다. 그리고 내가 구해 낸 아이기도 하다. 그 당시 효진이는 비스킷 3단계였다. 자신을 최악으로 내몰아 세상에서 사라지기 직전의 존재.

비스킷이 무엇인지도 제대로 모르던 어린 시절, 길을 헤매다가 낯선 골목에서 개에게 위협당하는 흐릿한 효진이를 만났다. 투명할 만큼 너무 흐릿해 자칫 지나칠 뻔했지만 울음소리로 효진이를 알아볼 수 있었다. 나는 앞뒤 재지 않고 달려가 있는 힘껏 개를 차 버린 뒤 효진이의 손을 붙잡고 도망쳤다.

그날 효진이와 손잡고 거리로 나왔을 때 일어난 두 번의 우연은 지금 생각해 보면 기적이다. 하나는 미술 학원에서 나오던 덕환이를 마주친 것이다. 다섯 살이었던 덕환이는 지금과 달리 시력이 매우 좋았다. 덕환이는 내 옆을 뚫어지게 바라보더니 달리느라 지쳐 있던 효진이를 알아보았다. 덕환이가 이 애는 누구냐고 묻는 순간,

효진이의 윤곽이 크레파스로 여러 겹 덧칠한 것처럼 조금 더 선명해졌다.

덕환이와 함께 효진이의 양손을 한쪽씩 잡고 집까지 데려다줬다. 으리으리한 정문 앞에서 효진이의 아버지를 만난 것도 순전히 우연이었다. 평소처럼 혼자였다면 아버지가 투명해진 딸을 보지 못한 채 지나쳐 버렸을 확률이 높았다.

그러나 그날은 우리와 함께였다. 꼭 맞잡은 손에서 우리의 응원을 느꼈는지, 효진이는 한층 뚜렷해져 있었다. 아버지가 이름을 부르자 효진이는 통통 튀듯이 뛰어가선 아버지에게 안겼다.

비스킷 3단계는 세상으로부터 소외되어 어둡고 깊은 골짜기에 스스로 갇힌다는 걸 효진이를 통해 배웠다. 내가 위험을 무릅쓰고 효진이를 구한 날, 효진이는 자신을 알아봐 주는 사람이 있다는 사실에 마음 한구석 자그마한 불꽃이 일었다고 했다. 그리고 마침내 아버지가 이름을 불러 주자 세상에 모습을 드러낼 용기를 얻었다. 얼핏 보기에 나와 덕환이, 그리고 효진이의 아버지가 그 애를 세상으로 끌어낸 것처럼 보일 수도 있다. 하지만 더 자세히 들여다보면 효진이 스스로 단단한 껍질을 깨부수고 세상으로 나온 거다.

효진이는 용기를 내어 아버지에게 우리와 같은 어린이집에 다니고 싶다고 말했다. 엄마를 교통 사고로 잃은 뒤 엉망으로 방치했던 마음을 달래며 튼튼하게 가꿔 갔다. 자신감이 생기자 원래 성격이 나오는지 차츰 말수도 늘었다. 세상에 관심을 표하고 적극적으로 반응하는 게 이제 효진이의 무기이다. 말도 많고 참견도 잘하는 효진이가 바로 지금 주특기를 발휘하려고 했다.

"뭔데? 왜 아지트에서 자려는 건데? 구박덩이 돼서 집 나오려는 거 아냐?"

"아니야. 넘겨짚지 좀 마."

"아니라면 잘됐네. 올 때 초밥 좀 사다 줘. 그럼 열쇠 줄 테니까."

"내가 밥 셔틀이냐? 덕환이한테 시켜."

"덕 도령은 학원에 있잖아. 내 주변에서 이 시간에 노는 사람은 너 하나야."

"됐기든. 나 일곱 시 전에 도착하니까 아지트에 불이나 켜 놔."

"제성아, 나는 연어랑 장어가 좋아. 단디 챙겨 와라잉."

내 말은 듣지도 않는다.

나는 초밥을 사서 번화가로 갔다. 번화가에 어울리지 않게 서 있는 허름한 건물이 효진이가 아르바이트를 하는 '진 스터디 룸 카페'이다. 오 층 건물 전체가 스터디 룸이고, 효진이네 아버지가 운영한다. 아니, 투자한다고 보는 게 옳겠다. 아저씨는 조건이 맞으면 당장 내일이라도 건물을 처분할 계획이라, 카페 간판에 '디'가 떨어져 '스터 룸 카페'로 읽혀도 개의치 않는다. 요즘 최신식 스터디 카페들은 사용 시간이 끝나면 알림 메시지를 보낸다던데, 여긴 아직도 내선 전화로 알린다. 일 층 카운터에서 일하는 효진이는 언젠가 건물을 물려받아 리모델링을 해 더 큰 사업체로 꾸려 나가겠다는 야심을 가지고 있다.

반면 아저씨 생각은 좀 달라 보인다. 아저씨는 가족이라고 무조건 사업을 물려주지는 않겠다는 현실주의자이다. 만약 효진이가 서울 소재 상위권 대학의 경영학과를 우수하게 졸업한다면 사업 일부를 맡기는 걸 고려해 보겠다는 쪽이다. 사실 카페는 아저씨의 사업체 중 작은 축에 든다. 서울 소재 대학의 경영학과에 들어가려면 공부를 잘해야 하는데, 효진이는 체육만 잘한다. 그래도 기죽지 않고 실전 경영을 배우겠다며 아르바이트를 하는 모양이다.

입구로 들어가자 효진이가 로비에 놓인 업소용 냉장고에 콜라를 채워 넣고 있다.

"구박덩이, 왔어?"

나는 효진이를 무릎으로 밀치고 냉장고에서 시원한 콜라를 골라 뚜껑을 땄다.

"아이 씨, 영업용 음료 마시지 마."

탄산이 올라와 머리가 땅했다. 조금 전에 집에서 느꼈던 답답함이 조금은 가시는 기분이다.

"콜라 빨리 마시기 기네스 기록 세우겠네. 기네스 기록 보유한 김에 냉장고에 남은 음료나 마저 채워 놔."

내 손에 들린 초밥을 낚아챈 효진이가 카운터 안으로 쪼르르 들어갔다.

"네 일이잖아. 네가 해."

"내 일 아니야. 창성이 오빠 일이지."

창성이 형은 효진이의 사촌 오빠이다. 몇 년째 백수로 지내던 형을 보다 못한 효진이의 고모가 짐짝을 던져 놓듯 아저씨에게 형을 맡겼다. 창성이 형은 착실하게 카페 운영을 배울 마음이 없는지 툭하면 뛰쳐나가서 경비 업체 직원, PC케이블 설치 기사, 스포츠 용품 영업 사원 등 여러 직업을 몇 주씩 전전하다가 생활비가 떨어지면 돌아와 잠깐씩 카페 일을 도왔다.

"또 너한테 일 맡기고 도망간 거야?"

"말도 마라. 일은 그렇다 치고 요즘엔 월세도 못 내는지 우리 아지트에 몰래 들어가서 지내는 통에 열쇠 숨겨 두느라고 내가 아주 고생이다."

눈치로 파악한 건데, 창성이 형은 사촌 동생인 효진이를 꼬셔서 용돈도 갈취하는 듯하다. 가엾도다, 김효진. 불쌍한 친구를 착한 내가 도와줘야지. 어쩌겠어.

"내가 너그러우니까 넣어 주는 거다."

나는 생색을 내며 콜라 캔을 마저 정리한 뒤에 카운터로 들어갔다. 효진이가 카운터 선반에 초밥을 올려 두고 콧노래를 흥얼흥얼 불렀다.

"아직도 여기서 먹냐? 체하겠다. 휴게실 가서 먹고 와. 기왕 해 주는 거 서비스로 카운터까지 봐줄 테니까."

"단련돼서 괜찮아. 너도 얼른 앉아."

접이식 의자를 꺼내 주기에 어쩔 수 없이 옆에 앉았다. 정문을 마주 보고 나란히 앉아 초밥을 먹자니 소화가 되지 않았다. 효진이가 자기 몫을 후다닥 다 먹곤 나도 아직 손대지 않은 새우 초밥을 건드리기에 젓가락으로 막았다. 효진이가 눈을 가늘게 떴다.

"오늘 좀 까리하다."

"내가 뭘 까칠해? 네가 내 거 먹으려고 하니까 그렇잖아. 식탐 좀 그만 부려."

"까리하다는 건, 경상도 사투리로 멋지다는 의미야. 넌 얼굴 낭비 그만하고 인스타그램이나 하지 그러냐? 금방 인플루언서 될 것 같은데."

효진이는 서울 태생이면서 사투리를 즐겨 쓴다. 그걸 자기만의 개성이라고 믿고 있다.

"아부해도 안 줘. 오늘 힘들어서 배가 든든해야 해."

"무슨 일 있어?"

아버지가 여기저기 인류애를 남발하는 탓에 집안이 콩가루가 되었다고 말할 순 없는 노릇이라 묵묵히 초밥을 먹었다. 효진이가 어서 불라면서 목을 잡고 흔드는 통에 초밥이 입 밖으로 튀어나올 뻔했다. 그때 손님이 들어왔다. 조르던 목을 놓고 효진이가 정중하게 손님을 받았다.

"안녕하세요. 예약 하셨나요?"

"예약이요? 안 했는데……."

"몇 인 룸 필요하신데요?"

"몇 인 룸? ……2인이요."

목이 늘어난 티셔츠 차림에 부스스한 머리가 이마까지 내려온 남자에게선 술 냄새가 풍겼다.

"잠시만요, 몇 시간 사용하세요?"

"두 시간 쯤?"

"네, 선불이고요. 두 시간에 만 원입니다."

비용을 계산한 남자가 열쇠를 달라고 했다.

"열려 있어요. 그냥 들어가시면 돼요."

미심쩍은 눈빛을 흘린 남자가 엘리베이터를 타고 올라갔다. 남자를 바라보느라고 방심한 사이 효진이가 내 새우 초밥을 홀랑 집어먹었다.

"술 마신 것 같은데 들여보내도 괜찮겠어? 아무리 봐도 공부할 사람으론 안 보여."

"편견을 가지고 손님을 대하면 안 돼."

내가 반박하려는 찰나 내선 전화가 울렸다. 효진이가 목소리를 가다듬고 전화를 받았다.

"카운터입니다. 손님, 목소리가 잘 안 들리는데 크게 말씀해 주시겠어요? 네? 왜 침대가 없냐고요? 무슨 말씀이세요? 네, 룸 카페 맞아요. 스터디 룸 카페요. 아니, 왜 욕을 하십니까? 뭐요? 너님 뭐라그랬어요? 당장 룸에서 나오세요. 이봐요, 이보세요!"

효진이가 씩씩대며 무지막지하게 수화기를 내려놓더니 선반에서 초록색 트레이닝복 바지를 꺼내 검은색 긴 치마 아래로 껴입었다. 눈을 어디에 둬야 할지 난감하여 젓가락을 내려놓고 고개를 돌렸다. 내가 머쓱해하는 사이, 효진이는 어느새 치마를 의자에 걸쳐 두었다.

"쳐들어가려고?"

"저런 개념 없는 인간은 혼 좀 나 봐야 해."

"해코지 당하면 어쩌려고 그래. 주차 관리 아저씨 불러서 같이 가."

효진이가 내 뺨을 손가락으로 톡톡 건드렸다.

"나 이래 봬도 알바 경력 오 개월 차야."

"그게 무슨 상관인데?"

"걱정일랑 접어 두고 초밥이나 먹고 있어."

효진이가 벽면에 세워 둔 야구 방망이를 집어 들었다.

"야구 방망이로 뭘 하려고?"

"다 나만의 방식이 있어. 넌 따라오지 마."

말려도 들을 아이가 아니었다. 효진이는 야구 방망이를 어깨에 걸치고 계단을 힘차게 뛰어 올라갔다. 나는 어쩔까 하다가 카운터 선반을 뒤적여 살균 스프레이를 집어 들었다. 여차하면 뿌릴 수 있도록 생수도 한 병 챙겼다.

엘리베이터 열림 버튼을 누른 채로 층마다 효진이가 있는지를 확인했다. 룸으로 벌써 들어간 건가 싶었을 때 복도에서 효진이의 목소리가 들려왔다. 사 층이다. 효진이는 복도 끝에서 야구 방망이로 과격하게 문을 두드리고 있었다. 문이 잠긴 모양이었다. 효진이를 구경하던 손님들이 내가 지나가자 후다닥 문을 닫았다.

"일단 문 여세요. 일 더 커지기 전에."

문짝을 부술 듯이 치자 룸 안에서 남자의 말소리가 웅얼웅얼 들려왔다. 워낙 목소리가 작아서 효진이는 알아듣지 못했지만, 명백한 욕이었다.

"뭐래?"

"욕하셨어."

효진이는 욱했는지 야구 방망이로 문고리를 내리쳤다. 깡! 깡! 깡! 깡! 문고리가 부서지기 전에 소리 공포증이 먼저 도져 내 숨이 막힐 것 같았다. 나는 효진이의 손목을 붙잡았다.

"애꿏은 문 부수겠네. 손님들 공부하고 있으니까 조용히 해결해. 보조 키 있지? 내려가서 가져와!"

"맞아. 보조 키가 있었지. 손님! 문 열리면 망신당할 준비나 하세요."

효진이가 야구 방망이를 든 채 재빠르게 계단을 내려갔다. 나는 효진이가 보이지 않는 걸 확인한 뒤 살며시 노크했다. 머릿속에 음란 마귀를 백 마리쯤 키우고 있어도 손님은 손님이니 카페 이미지를 생각해서 도와주기로 했다.

"저기요. 지금 한바탕하고 간 애요. 자기 머리가 깨져도 손님한테 덤빌 성격이거든요. 그리고 걔 오빠가 이 동네 건달이에요. 애지중

지하는 여동생이랑 한바탕한 걸 알면 손님은 산속에 끌려가서 매장 당할 확률이 높아요. 문 열리고 머리 깨져서 망신당하느니, 빨리 사과하고선 여기서 나가세요."

안에선 대답이 없고, 어느 룸에선가 "거, 좀 조용히 합시다."라는 말이 들려왔다. 남자는 아무래도 문을 열 생각이 없어 보였다.

그사이에 효진이가 보조 키를 흔들며 뛰어왔다. 빠르기도 하다.

"손님! 제가 드디어 보조 키를 가져왔습니다. 이제 잘난 얼굴을 보여 주시죠."

보조 키를 도어록에 대는 동시에 안에서 문이 벌컥 열렸다. 남자의 눈에 경계의 빛이 스쳐 지나갔다. 아까는 몰랐는데 턱에는 칼에 베인 듯한 흉터도 있었다. 효진이는 야구 방망이를 왼손에서 오른손으로 바꿔 들었다.

"타임머신이라도 타고 왔어요? 요즘 때가 어느 땐데 신성한 스터디 카페에서 침대를 찾아요, 네?"

남자는 숨이 막히는지 티셔츠 목 부분을 두어 번 잡아당겼다. 티셔츠 목 부위가 한층 늘어졌다.

"간판 때문에 헷갈려서……."

남자는 조금 전 욕하던 기세와는 달리 얌전하게 말했다.

그제야 효진이도 야구 방망이를 내려놓았다. 청각 과민증이 도진 탓인지 남자가 침을 삼키는 소리가 무척 크게 들렸다.

"근데 학생 같은데. 학생 맞죠?"

"알바인데요."

학생이냐는 질문에 엉뚱한 대답을 내놓고도 효진이는 당당했다.

남자는 불만을 터뜨리고 싶은 낌새였으나 조용한 분위기를 의식했는지 더는 입을 열지 않고 내 옆을 지나쳐 엘리베이터로 가려고 했다.

잠깐, 하면서 효진이가 팔을 붙잡자 남자가 어깨를 움찔했다. 효진이는 트레이닝복 주머니를 뒤져서 만 원을 꺼냈다.

"스터디 룸 안 쓰셨으니까 비용 돌려 드릴게요."

남자가 머뭇거리기에 내가 받으라는 손짓을 했다. 남자는 돈을 받고 엘리베이터를 탔다. 나와 효진이도 헛기침이 판치는 복도를 벗어나 계단으로 내려갔다.

"난리 피운 사람한테 돈도 돌려주고, 인심 좋으셔."

"사용 안 하고 나가면 돌려주는 게 원칙이니까."

"원칙대로 야구 방망이로 해결 보고?"

"우리 구박덩이는 병원에서 보호받느라고 세상이 어떻게 돌아가는지 잘 모르겠지만, 요즘엔 말로 해선 순순히 안 나가는 사람들이 많아. '디' 하나 빠졌다고 여길 룸 카페로 알고 우리보다 어린애들이 몰려와 술 내놓으라고 협박도 해. 아주 골치가 아파. 다들 돈만 내면 모든 게 가능하다고 생각한단 말이지."

술을 달라는 중학생의 엉덩이를 발로 차며 쫓아내는 효진이의 모습이 쉽게 상상됐다.

"근데 넌 살균 스프레이랑 생수로 뭐 하려고 했어?"

그제야 살균 스프레이와 생수를 계속 들고 있었다는 걸 깨달았다. 체면 다 구기는군. 살균 스프레이를 칙칙 눌러 공중에 뿌렸더니 효진이가 내 등짝을 때렸다.

"어, 근데 저거 뭐야?"

조금 전까지 멀쩡하게 로비 구석을 차지하고 있던 관음죽 화분이 엎어져 있었다. 효진이가 오랜만에 발까지 굴러 가며 짜증을 냈다.

"아우 진짜. 아까 반쯤 죽여 놨어야 했는데! 돈은 괜히 돌려줬어. 확 벼락이나 맞아 죽어 버려라! 이 문어 자식."

악연이었는지 조금 더 시일이 지난 뒤에 효진이는 남자와 다시 엮이게 된다. 그건 나도 마찬가지다. 미리 알았더라면 나는 남자를 그대로 돌려보내지 않았을 것이다. 그러나 어찌 알겠나. 우리는 신이 아닌 것을.

남자를 도와줬다는 걸 눈치채면 효진이가 대역죄인으로 몰 것 같아서 나는 짐짓 솔선수범하는 척 나서서 화분을 정리했다.

"다 치웠다. 아우, 피곤해. 하루가 길다. 얼른 아지트 열쇠 줘."

"오늘 고생했으니 내일 오전까지 느긋하게 쉬다가 나가. 여기 열한 시에 오픈하니까."

"나 영어 학원 가야 하거든."

"알아. 근데 너 땡땡이칠 거잖아."

앤 정말 나에 대해 모르는 게 없다.

"문 단디 잠그고 자."

나는 손을 들어 효진이에게 인사했다. 엘리베이터를 탄 뒤 오 층에 내려 계단을 올라갔다. 아지트는 카페 건물 옥상에 있다. 철문을 열자 탁 트인 공간에 미끄럼틀, 철봉, 시소까지 놀이터처럼 꾸며진 옥상이 나왔다. 아지트는 아저씨가 눈에 보이는 곳에서 마음껏 놀라며 우리에게 마련해 준 곳이라 어렸을 때 타고 놀았던 놀이기구들이 잔뜩 남아 있다.

소리에 민감한 주제에 번화가 건물 위의 아지트에서 잘 지낼 수 있는지 궁금할 것이다. 첫 방문 땐 어질어질할 정도로 적응하지 못했다. 이젠 약간 두통이 있는 정도다. 가끔 옥상이 납작해지는 경험을 할 때도 있고, 번화가에 있다는 자각이 아예 없을 때도 있다. 오늘은 어떨까. 경험하기 전에는 아직 알 수 없다.

푸른색으로 칠한 컨테이너로 들어가자 테이블 위에 귀마개와 블

루투스 스피커가 쪽지와 함께 놓여 있었다.

시끄러워 못 참겠으면 써라.

효진이는 내 인생을 그림으로 그리면 숨은그림찾기의 가장 쉬운 정답이다. 눈에 확 들어오지는 않지만, 제일 먼저 보이는 사람. 옆에 숨어서 내 인생이 잘못되지 않도록 영향력을 미치는 사람 말이다.

그렇기에 그날 일에 효진이를 끌어들여 다치게 한 걸, 나는 지금도 죽도록 후회한다.

2
이사의 시끄러움

다음 날 일은 지금 다시 생각해 봐도 황당하다.

카페 오픈 직전에 아지트를 나와 집으로 돌아갔더니 엄마가 여행 가방에 짐을 싸고 있었다. 마침내 이혼하는 건가. 언젠가는 각자 만족하는 인생을 찾게 될 거라고 쭉 생각해 왔던 터라 크게 당황스럽지는 않았다. 누구를 따라갈 거냐고 물으면 이젠 독립해도 될 나이라고 말해야지. 마음을 단단히 먹고 등을 돌리고 있는 엄마를 불렀다.

그런데 당황스럽게도 돌아보는 엄마의 얼굴이 들떠 있었다. 오늘 당장 온 가족이 제주도로 여름휴가를 떠나기로 했단다. 나보고도 나흘분의 짐을 얼른 싸라고 했다. 싸우고 돌연 결정한 것이 이혼이 아니라 여행이라니. 그 결정이 누구의 머리에서 나와 어떠한 흐름을 타고 정해진 건지는 모르지만 평범한 결정은 아니었다.

"이혼하는 거 아니었어요?"

"이혼? 이혼을 왜 해? 오해 다 풀렸어."

아버지는 이번에도 엄마에게 버림받지 않았다. 억세게 운이 좋다, 정말.

이혼하지 않게 된 걸 잘되었다고 해야 할진 모르겠지만, 함께 제주도로 가자는 건 확실히 재앙이었다. 제주도 명소에 도착할 때마다 아버지가 "네 녀석은……." 하면서 꼬투리 잡을 걸 상상하면 떠나기도 전에 지치는 기분이었다.

여행을 가지 않겠다는 선언과 가족 여행은 어떤 핑계로도 절대 빠져선 안 된다는 구슬림이 대립하다가, 치사하게도 엄마가 아버지에게 지원 요청 전화를 걸었다. 핸드폰 너머에서 아버지가 화를 내는 소리가 들려왔다. 굳이 애쓰지 않았는데도 듣고 싶지 않은 말들이 귀를 콕콕 찔렀다. 청각 과민증은 이래서 안 좋다. 상처 입기 딱 좋은 병이다. 엄마가 내 눈치를 보며 부자연스럽게 등을 돌리고 통화하기에 안 들리는 척 베란다로 나갔다.

윤슬이 이는 한강이 보였다. 아버지는 한강이 보이는 아파트에 산다는 사실에 자부심이 있었다. 표면적으론 한강을 내려다보며 여유

를 만끽할 수 있다는 이유에서다. 물론 속내는 어디에 산다는 말만
으로도 성공했다는 걸 은근히 과시할 수 있기 때문이다.

"아니, 그런 말까지 하지 않아도……."

난처해하는 엄마의 목소리가 들렸다. 아들을 '네 녀석'이라고 부
르는 아버지의 목소리를 귓구멍에 흘려 보내는 것보다 매연을 들이
마시고 건강을 망치는 게 더 나아 창문을 열었다. 바람 소리보다 기
계음이 먼저 허공을 울렸다.

사다리차가 올린 사다리가 위층 베란다에 막 걸쳐진 참이다. 이
사 오나? 난간을 붙잡고 밑을 내려다보자 이삿짐센터 트럭이 보였
다. 오늘은 되도록 집 밖으로 나가 이삿짐이 다 정리된 뒤에 들어오
는 편이 정신 건강에 좋을 것이다. 한 아주머니가 사다리차 기사를
"아저씨!"라고 매섭게 부르는 소리를 듣고 베란다 창문을 닫았다.

그사이에 엄마는 통화를 마쳤는지 소파에 앉아 있었다. 전화를
바꿔 주지 않고 끊은 걸로 보아 두 분이 가기로 합의된 모양이었다.
엄마는 아버지가 내뱉은 매운 버전의 말을 아주 순한 버전으로 바
꿔 전달해 주었다. 퇴원 기념으로 집에서 혼자 지내 보는 상황도 내
게 도움이 될 거라고. 아버지를 안 보면 스트레스는 받지 않을 것 같
으니 수긍했다. 엄마는 여전히 불만족스러운 기색이었다. 가족 여행
에 다시 끌려갈 것 같아 일단 꼬리를 내리고 살랑살랑 한 발을 뺐다.

"두 분이서 오붓하게 연애 시절 기분을 만끽하다 오세요."

엄마도 그 부분은 나처럼 큰 기대가 없는 건지 곧바로 화제를 바꿨다.

"밥은 어떻게 할 거야?"

"걱정 마세요. 알아서 먹을게요."

"그래도……."

"엄마! 나 영어 학원 가야 해요."

이건 세상의 모든 부모님의 잔소리에서 벗어날 수 있는 마법 같은 말이다. 당연히 우리 엄마에게도 통했다.

"몇 시에 올 건데? 엄마는 다섯 시에 공항으로 출발해. 그 전에 올 거야?"

"늦게 올 것 같아요. 위층에 새로 이사 오거든요."

때마침 냉장고가 사다리차에 실려 올라가는 모습이 창밖으로 보였다.

"너 퇴원하기 전에 인테리어 공사한다고 시끄럽게 굴더니만 이제야 이사 오나 보네."

엄마는 한숨을 쉬곤 지갑에서 신용카드를 꺼냈다.

"필요할 때 써."

엄마 카드를 받는 순간이 가장 행복하다. 필요할 때 쓰라는 말은 언제든 써도 좋다는 의미니까. 나는 짧고 굵은 작별 인사를 마치고 집을 나섰다. 이번 기회에 대형 사고를 친다는 각오로 찜해 둔 운동화나 살까 생각하며 출입구로 나서는데 갑자기 날카로운 경적이 들려왔다.

이삿짐센터 트럭 근처에 벤츠가 서 있었다. 경적을 듣고 이삿짐센터 인부가 벤츠로 뛰어갔다. 아주머니가 거만한 태도로 조심성 없이 가구를 내려놓는다고 질책하자 조심하겠다면서 인부가 머리를 조아렸다. 인부가 짐을 부리는 곳으로 돌아가자 아주머니는 팔짱을 낀 채 그들을 노려보았다. 그러곤 일 분도 안 되어 다시 경적을 울렸다. 빵! 빵! 경적을 울리는 건 이삿짐을 옮기는 모양새가 마음에 들지 않는다는 표시인 듯했다.

개념이 없네. 이 아파트 주민들한테는 경적이 안 들린다고 생각하는 건가?

고요하고 정의로운 세상을 위해 복수하고 싶은 마음이 일었으나 주변에 비스킷이 없는 걸 확인하고 그만두었다. 구태여 참견하지 않아도 되는 일에 휘말려 곤란해지지 말자고 마음을 돌려세운 뒤 후드를 뒤집어썼다.

큰길로 막 나왔을 때, 상가 앞에 쪼그리고 있던 누군가 튀어나오며 날 불러 세웠다.

"성제성!"

돌아보니 어제 학원에서 본 비스킷이다. 어제보다 윤곽이 선명해 얼핏 보면 비스킷인지 알 수 없을 정도로 회복되었다. 대답 없이 쳐다보자 비스킷이 쭈뼛대며 다가왔다.

"영어 학원 가는 길이지? 가지 마. 걔들이 너 찾고 있어."

"걔들?"

"진상 패거리. 네가 어제 볼펜 훔친 거 알고 열받았어. 아! 내가 말한 건 아니야. 오, 오해하지 마."

걸렸나 보다. 근데 겨우 볼펜 하나 버렸다고 눈에 불을 켜고 찾는다니. 보노보는 덩치에 어울리지 않게 쪼잔한 듯하다. 뭐, 며칠 지나면 까먹고 잠잠해지겠지. 별수 없이 오늘도 땡땡이치게 생겼다.

"오해 안 해. 근데 그 말 하려고 계속 기다린 거야?"

"어? 어……."

"왜?"

"그, 그냥."

"이 더위에 그냥 기다렸다고?"

내 말이 추궁처럼 들렸는지 비스킷의 시선이 땅으로 떨어졌다. 움츠러든 어깨를 보자 전에도 이 모습을 본 적이 있는 것 같은 기시감이 들었다. 중학생 때 본 건가? 덕환이의 말이 비로소 떠올랐다. 학폭 피해자라고.

땀에 젖은 비스킷의 어깨를 보다가 점심 안 먹었으면 같이 햄버거나 먹자고 제안했다. 내가 쏘는 거라고 하자 이번에는 비스킷이 경계했다. 듣기 좋은 말로 구슬려 으슥한 곳으로 끌고 갈 거라고 상상의 나래를 펼치는 중인지도 모른다. 나는 신뢰감을 주기 위해 최대한 조리 있게 말했다.

"첫째, 혼자 먹기 싫고. 둘째, 나한테는 엄마 카드가 있으니까. 이 정도면 같이 밥 먹을 이유가 되지?"

물론 말하지 않은 세 번째 이유도 있다. 비스킷이 된 이유가 궁금하다는 것.

맥도날드는 비스킷이 가고 싶어 하지 않는 낌새라 서브웨이로 갔다. 나는 비엘티와 콜라 세트를, 비스킷은 샐러드를 주문하고 오렌지 주스를 텀블러에 받았다. 비스킷은 무척이나 말수가 없었다. 내가 콜라를 두 번이나 리필하는 동안 겨우겨우 알아낸 정보는 다음과 같다.

비스킷의 이름은 서도주. 유제품, 달걀, 해산물, 어패류까지 먹는 채식주의자이다. 도주가 '페스코'가 된 건 온실가스를 줄이기 위해서라고 한다. 온실가스라니. 이게 무슨 소리람. 도주는 내 생각을 알아챘는지 축산 농업으로 발생하는 온실가스 배출량이 전체의 14.5 퍼센트 가량을 차지한다는 사실을 고백하듯이 말했다. 유엔 식량 농업 기구가 집계한 수치란다. 육식을 하면 할수록 지구온난화의 주범인 온실가스가 더 발생해 기후 변화를 일으키게 되고, 기후 변화가 발생하면 숲이 파괴되며, 그러면 식량이나 물이 부족해져 수질을 악화시킨다고 도주는 설명했다.

"오랜만에 길게 말해서 쑥스럽다."

말수가 없는 아이는 또래 집단에서 배제되기 쉽다. 과묵하다는 이유로 관심받지 못하는 건 억울한 면도 있지만, 학교가 원래 그렇다. 내성적인 아이보다는 외향적인 아이가 더 주목받는다. 내성적인 아이는 상대적으로 만만하게 여겨지기도 한다. 하지만 말수가 없어도 할 말을 하는 사람은 비스킷이 되지 않는다. 도주는 논리정연하게 말도 잘하는 편이다. 그런데 어째서 비스킷이 된 걸까?

"텀블러는 늘 가지고 다녀?"

"되도록 가지고 다녀. 적어도 나는 쓰레기를 만들어 내고 싶지 않아서. 작지만 지켜 내려는 노력이 있어야 기후 변화에도 희망이 생기잖아."

꽤나 바른 생활을 하나 보다. 환경 운동가라는 도주의 꿈에 관해 한참 이야기를 나누다가 스타벅스로 자리를 옮겼다. 나는 커피를 주문하며 홀린 듯 텀블러를 구매했다. 환경 이야기를 듣고 나니 일회용품을 쓰는 게 아무래도 신경 쓰였다. 평소에 안 하던 착한 짓을 하면 일찍 죽을지도 모르니 엄마 카드를 쓰고 싶어서 충동 구매한 거라고 여기기로 했다.

커피를 텀블러에 담아 거리로 나왔다. 지금까지 나눈 대화는 나쁘지 않았다. 당장 친구라고 부르긴 어려워도, 도주와 아는 사이가 된 건 꽤 기분이 괜찮았다. 그럼에도 아직 듣지 못한 말이 있었다. 마음에 스크래치를 내고 싶지 않아 빙빙 돌려 질문했는데 도주는 교묘하게 답을 피하고 있었다. 나는 할 수 없이 도주가 빠져나갈 수 없도록 직구를 던졌다.

"애들한테 네 모습이 잘 안 보이는 거, 너도 알고 있지?"

도주의 눈동자가 커졌다. 아마 몰랐던 것 같다. 사실 모를 수밖에 없기도 하다. 가만히 있는데도 어깨를 툭 치고 지나가거나 자신이 있는 자리에서 마치 없는 것처럼 대하는 아이들을 보면 대부분 무시당한다고 생각하지, 비스킷 같은 초자연적 현상을 상상하진 않으니까.

"나 안 보였던 거구나……. 애들이 날 괴롭히는 거라고만 생각했어."

"아마도 예민한 애들은 네가 보였을 거고, 그렇지 않은 애들은 때

때로 네가 보이지 않았을 거야. 많이들 그래. 너만 그런 거 아니야."

"신기하다……. 그럼 다른 애들도 안 보일 수 있다는 말이야?"

"애들뿐만이 아니라 어른도 마찬가지야. 존재감이 사라지면 누구나 보이지 않게 될 수 있어. 일시적인 경우가 대부분이지만."

"존재감이 없어서 내가 안 보인 거라면, 앞으로도 영원히 눈에 띄지 않을 수도 있겠네."

"세상에서 완전히 사라지는 경우까진 드물어. 학교에서 존재감이 약한 건 사실이니 애들한테 보였다가 안 보였다가 하는 거지."

"그러니까 애들은 내가 있는지 없는지조차 관심이 없다는 말인 거지?"

"그렇지. 왜? 애들이 너한테 관심이 없었으면 좋겠어?"

도주가 입술을 깨물었다. 난처할 때 나오는 버릇인 듯했다. 대답하기 곤란하면 말해 주지 않아도 된다고 하자 도주가 고개를 천천히 흔들었다.

"……튀고 싶지 않아서. 튀면 또 맞을 테니까."

도주가 존재감을 지워야 하는 사정은 학교 폭력에 있었다. 도주는 중학교 2학년 때 채식주의를 선언했다가 튄다는 이유로 폭행을 당했다고 한다. 도주의 생활 방식이 거슬렸던 육식 동물같이 무자비한 아이들이 주도했다. 맞는 것도 힘들었지만 욕과 비아냥이 더 참기 어려웠다. 고등학교는 가해자들이 가지 않을 만한 먼 곳으로 진학했다.

더는 학교 폭력에 휘말리지 않기 위해 도주가 선택한 건 존재감을 지우는 거였다. 성적도 운동도 중간 정도로 유지하려고 노력했다. 잘하면 튀고, 못해도 튀기 때문이다. 반 아이들과도 적당한 거리감을 유지한 채 적극적으로 어울리진 않았다.

"너 스스로 눈치 보는 생활로 입성했다는 거네. 그렇게 지내면 무기력하진 않아?"

"……달리 방법이 없잖아."

도주는 눈에 띄지 않는 존재가 되려고 스스로 마음에 족쇄를 채웠다. 아마 앞으로도 계속 움츠리며 살아갈 것이다. 자신을 세상에서 지워야 하는 존재로 인식하는 한 결국 완전히 보이지 않게 되는 날이 언젠가 올 터였다.

나는 텀블러를 목숨처럼 쥐고 고개를 숙인 채 걷는 도주를 바라보았다. 어디에나 있을 법한 평범한 외모의 아이. 잘 보이지는 않아도 도주에게는 꿈이 있고, 열정도 있고, 작은 희망도 있다. 그런 것까지 평범하다고 간주하기엔 내 안목이 높은 편이다.

"아지트가 있는데 같이 갈래?"

도주가 고개를 들었다. 변화가 시작될 거라는 신호였다.

우리는 진 스터디 룸 카페 옥상으로 올라갔다. 카운터에 효진이가 있으면 소개해 주려고 했는데, 없었다. 아르바이트 시간이 아닌 모양이었다. 철문을 열자 도주가 놀이터처럼 꾸며진 옥상을 신기해했다.

나는 그늘막이 쳐진 평상에 선풍기를 틀어 놓고 컨테이너에서 덕환이가 기증한 노트북을 가지고 나왔다. 그리고 도주에게 들은 상황을 간략하게 적은 뒤 '해결책'이라는 제목을 썼다.

도주는 주로 또래들에게 존재감이 없다. 친절하던 아이도 언제 돌변해서 자신을 물어 뜯을지 모른다는 두려움으로 마음이 꽉 차 있다. 그래서 또래에게 보이지 않는 것이다. 믿을 만한 친구를 만들기 위해 이제라도 반 아이들과 교류해 보라는 말은 도움이 안 된다. 이미 형성된 반 분위기를 해치는 것도 튀는 행동이 될 수 있다. 학교가 아닌 다른 장소에서 또래와 소통할 방법이 필요했다.

"인스타나 페북, 아니면 틱톡 같은 거 해? 유튜브나."

"미안해. SNS는 안 해."

하긴, SNS를 활발히 운영할 만큼 자신감이 넘친다면 비스킷이 될 리도 없다. 부끄러워하는 성격으로 보아 SNS를 권하기는 어려워 보였다.

"그럼 온라인 게임은?"

"미안해."

"할 생각은 없어? 채팅하면서 친구도 사귈 수 있잖아."

도주가 난처해했다. 이후 대화는 비슷한 패턴이었다. 요즘 유행하는 것을 짚어 주면 도주가 난감해하며 사양하는 패턴. 인내심이 충만한 나조차도 참을성이 바닥나려고 했다.

"밥 먹고 하자."

해가 뉘엿뉘엿 넘어가는 걸 보면서 로제 떡볶이와 김밥 두 줄을 주문했다. 배달이 완료되었다는 알람이 울리자마자 배달 기사와 함께 창성이 형이 옥상으로 올라왔다. 창성이 형은 늘 트레이닝복 차림인데 오늘은 웬일로 정장을 입었다. 내가 카드로 결제를 하는 사이에 배달 봉지를 받은 창성이 형이 아주 자연스럽게 평상에 합류했다.

"더운데 냉면이나 시키지. 넌 제성이 친구?"

음식을 같이 먹고 싶으면 양해를 구하는 게 도리이다. 이 지구상에서 유일하게 한 사람만 그 사실을 모른다. 창성이 형은 선풍기를 자기 쪽으로 고정하더니 떡볶이를 연달아 집어 먹었다. 나무젓가락이 두 개뿐이라 부족하다는 것도 신경 쓰지 않고서. 분식을 시키면서 우동 국물을 주문하지 않은 내 센스를 탓하더니 다음부턴 빼놓지 말란다. 마음에 안 들면 먹지 말든가요. 내 마음의 소리는 창성이 형에게 가닿지 않는다.

도주가 우리 두 사람을 번갈아 보다가 들고 있던 나무젓가락을 살며시 내게 내밀었다. 나는 사양하며 도주에게 말했다.

"나무젓가락 또 있어. 가지고 올게. 먼저 먹어."

컨테이너에서 젓가락을 꺼내 오려고 일어서다가 창성이 형이 떡볶이 국물을 용기 안에 떨어뜨리며 먹는 모습을 보고 말았다. 입맛이 뚝 떨어졌다. 심기가 불편해져 한소리 하려던 차에 핸드폰 진동이 울렸다. 발신자는 덕환이. 학원이 끝나 아지트 근처에 와 있다며 곧 올라온단다. 덕환이라면 도주에게 다른 해답을 제시해 줄 수 있을 것 같아 평상에서 멀어지며 상황을 짧게 설명해 줬다.

도주에 관한 정보를 대강 전해 들은 덕환이가 이제 엘리베이터라면서 통화를 끊었다. 이런! 큰일이다. 창성이 형이 아지트에 같이 있다는 말을 미처 못 했다. 창성이 형은 덕환이의 천적이었다. 언제나 담담한 덕환이의 평정심을 잃게 만드는 기술을 마주칠 때마다 발휘하는 유일한 사람.

아니나 다를까. 옥상 문을 연 덕환이가 창성이 형을 발견하곤 자리에 우뚝 멈춰 섰다. 아마도 머릿속이 복잡할 것이다. 돌아갈 것인가. 말 것인가. 돌아가면 지는 게 되겠지. 멀리서도 덕환이의 고민이 읽히는 듯했다.

"어이!"

창성이 형이 김밥에서 당근을 빼내면서 먼저 아는 체를 했다. 덕환이는 창성이 형에게는 인사도 없이 평상에 앉은 도주에게 말을 걸었다.

"학원에 안 왔길래 무슨 일이 있나 궁금했는데 제성이랑 있었구나."

다정한 어투이다. 도주가 긴장하지 않도록 배려하는 것이리라. 도주가 스스럽게 고개를 끄덕였다. 덕환이가 자신을 알아봐 주었다는 작지만 따뜻한 관심 덕분인지 미세하나마 윤곽이 좀 더 또렷하게 변했다.

"너 찾는 떡대들 있더라."

덕환이가 이번에는 나를 보고 대수롭지 않은 일인 듯 상황을 전했다.

"들었어. 너한텐 해코지 안 하디?"

"내가 당하겠니? 너나 조심해."

덕환이는 운동도 제법 하고 평판도 좋으니 함부로 건드리지는 못할 것이다. 우리 얘기를 유심히 듣던 창성이 형이 손대지 않은 다른 김밥의 포장지를 뜯으면서 물었다.

"누가 우리 동생을 찾는다고? 왜?"

창성이 형은 나를 '우리 동생'이라고 부른다. 창성, 제성. 성자 돌림이라고 동생이란다. 어이가 없다.

"제성이 일보다, 형은 웬일로 정장을 입고 있어요?"

덕환이가 리모컨을 들어 고정된 선풍기를 회전으로 바꿔 놓았다. 창성이 형이 덕환이의 손에서 리모컨을 가로채려다가 실패하자 발가락으로 선풍기를 고정했다. 덕환이가 질색했다.

"면접 보고 왔어."

"면접은 질리지도 않고 잘도 보네요."

"그럼 어떻게 하냐? 아버지가 용돈을 안 주는데."

놀지 않고 계속 일자리를 구하려는 의지 하나는 높이 살 만하다. 창성이 형이 면접 일화를 늘어놓기에 대충 흘려들었다. 덕환이가 리모컨으로 다시 선풍기를 회전에 맞추자 창성이 형이 기지개를 켜며 자리에서 일어났다. 알전구를 걸쳐 둔 난간 쪽으로 어슬렁거리며 걸어가는 폼이 정장을 입었는데도 백수건달처럼 보인다.

"이번엔 취업이 될 것 같아요?"

"면접 때 물어보니까 월급이 영 아니더라고."

"그래도 어디라도 들어가야죠. 나이도 있는데."

"유튜브 조회 수 터질 때가 됐으니까 조급하게 들어가진 않으려고 해."

창성이 형은 먹방 유튜버를 겸하고 있다. 많이 먹거나 맛있게 먹지도 못하는 사람이 남들도 한다고 먹방에 도전한 것도 문제인데, 음식 살 돈이 없다고 사촌 동생의 용돈을 야금야금 갈취하고 있으니 덕환이가 좋게 볼 리가 없다.

"유튜브도 콘텐츠가 기발해야지 터지는 거예요. 열정만으로 되는 게 아니라고요. 애초에 열정이 있는지도 모르겠지만. 형! 재능이 없다고 느껴지면 이제라도 발 빼요."

덕환이가 날린 회심의 비아냥에도 별다른 반응 없이 쪼그리고 있던 창성이 형이 바닥에 놓인 전구의 전원 버튼을 눌렀다. 난간에 걸린 알전구에 노란 불빛이 들어오며 옥상이 순식간에 감성적인 공간으로 탈바꿈했다.

"그래서 콘텐츠를 바꿀까 해. 청소년을 상대로 어떻게 하면 짝사랑을 이룰 수 있을지 내가 인생 선배로서 상담을 해 주는 거야. 어때? 흥미 돋지?"

"형한테 상담을요? 누가 받겠어요."

창성이 형이 덕환이에게 선풍기 리모컨을 달라는 시늉을 했다.

"네가 제일 먼저 하면 되잖아. 너, 효진이 좋아하니까 내가 오작교 노릇 해 줄게. 어쭙잖게 고백하는 것보단 나을걸."

마지막 말은 하지 말았으면 좋았을걸. 덕환이는 효진이에게 고백

했다가 거절당한 경험이 있다. 어색한 관계에서 다시 편한 친구로 돌아가기까지 오랜 시간과 눈물 나는 노력이 필요했다. 분노의 씨앗에서 자라난 줄기들이 순식간에 덕환이의 온몸을 휘감았다. 덕환이는 리모컨을 건네려던 손을 바지 주머니에 찔러 넣고 철문을 박차고 그대로 나갔다.

아직 밖은 어두워지기 전이다. 그리고 덥다. 본의 아니게 열받았으니 덕환이는 더 더울 것이다. 한 건 올린 창성이 형이 이번엔 노트북을 들여다보며 참견을 한다.

"비스킷이 뭐야? 먹는 거 말하는 거야? 근데 비스킷의 뭘 해결해?"

나는 노트북 전원 버튼을 눌렀다. 윙윙 돌아가던 노트북이 꺼졌다. 도주의 옷을 가만히 잡아당겨 평상에서 떨어지게 하자 도주가 의아해하는 눈빛을 보냈다. 비스킷이 대체 뭐냐고 다시 물으며 평상에 앉아 김밥을 먹는 창성이 형에게 형이 평생을 살아도 될 리 없는 존재라고 답하면서 김밥을 높이 들었다. 나는 김밥을 먹는 척하다가 떡볶이 용기에 떨어뜨렸다. 떡볶이 국물이 사방으로 튀어 올랐다. 창성이 형이 펄쩍 뛰며 정장에 튄 국물을 손으로 닦자 얼룩이 더욱 번졌다.

"이거 어쩔 거야! 오랜만에 꺼내 입은 건데. 세탁비 내놔!"

나는 창성이 형이 혼자 다 먹은 김밥과 떡볶이 영수증을 살포시 형 손에 넘겨주곤 도주와 함께 옥상을 나왔다. 내가 대신 형에게 한 방 먹였다고 덕환이한테 자랑해야지. 그게 우리의 의리였다.

3
층간의 시끄러움

쿵쿵거리는 소리 때문에 잠을 깼다. 위층 사람이 이리저리 뛰어다니며 아래층에 사는 선량한 이웃의 성격을 망치는 기술을 구현하고 있다.

이래서 아파트가 싫다.

하나만 아는 사람들은 아파트가 옆집에 사는 이웃 얼굴도 알지 못하는 비인간적이고 정 없는 건축물이라고 말한다. 하지만 내가 보기에 그 말은 틀렸다. 아파트만큼 이웃에 대해 많은 걸 알 수 있는 건축물은 없다. 윗집이든, 아랫집이든, 옆집이든 혹은 건넛집이든 간에 모든 소리를 고스란히 공유하는 곳이니까 말이다.

어느 집 아이가 바이엘에서 체르니로 넘어갔다는 사실을 내 방

침대에 누운 채로도 알 수 있다. 어느 집 부부가 허구한 날 소리를 지르면서 싸우는 이유가 돈 때문인지 아니면 서로를 믿지 못해서인지 그도 아니면 저녁밥이 부실해서인지도 안다. 어느 집 청년이 어젯밤 술을 진탕 마시고 돌아와선 숙취로 고생하며 종일 웩웩거리다가 겨우 살아난 시점도 파악할 수 있다.

어느 집에선 오늘 당장 마지막 잎새가 떨어질 것처럼 기침을 하고, 어느 집에선 장이 안 좋은 가족이 돌아가며 화장실 변기 물을 자주 내리고, 어느 집에선 밤늦게 청소기를 돌려 맞벌이라는 걸 인증하고, 어느 집에선 새로운 생명이 산후조리원을 나와 집으로 입성했다는 걸 알 수밖에 없는 건축물이 아파트이다.

그렇기에 방음벽이 부실한 아파트에서는 이웃의 고상하지 않은 습관과 건강하지 못한 몸 상태를 참아 주는 인내심이 필요한 법이다. 아파트가 원래 소음에 약한 구조이니 관대하게 마음먹자면 지나칠 수 있는 소음이 대부분인 것도 맞다. 다만 그 소음은 일시적이되 생리적이면서 어쩔 수 없는 일이어야만 한다.

나는 침대에 누운 채 천장을 노려보며 저 발소리가 이웃에 살고 있다는 이유만으로 견뎌야 하는 소음으로서 합당한 수준인가를 가늠해 보고 있었다. 최소한 이십 분 동안 뛰고 있으니 일시적이지 않다. 당연히 발소리는 생리적인 현상도 아니다. 어쩔 수 없는 일인가에 대해서는 아직 판단이 서지 않았다. 어제 막 이사 왔으니 마음에 들지 않는 인테리어를 여러 각도로 바꿔 보고 있을지도 모른다. 그렇다 해도 저리 가볍게 뛰어다닐 수는 없는 법. 아이가 뛰는 소리인 게 분명해지고 있다.

층간 소음에 시달릴 땐 직접 나서서 해결하기보단 관리실을 통해 중재를 요청하라는 글을 인터넷 기사에서 읽은 적이 있다. 한 시간이 넘게 명상하기 좋은 빗소리로 가슴을 진정시키다가 빗속에서 레슬링 선수들이 쿵쿵 대결하는 걸 지켜보는 심정이 되자 방 안이 점점 좁아지기 시작했다. 소리 강박증이 도진 것이다.

배울 만큼 배운 문명인들답게 배려를 청하면 품격 있는 반응으로 갈등이 원만하게 조정되리라. 이런 헛된 기대는 관리실에 민원을 넣은 지 정확히 십 분 만에 와장창 깨졌다. 관리실을 통해 위층의 말을 전해들은 바로는 '우리 집 막내는 집 안에서 까치발을 들고 다니도록 교육받았고, 설사 뛰었다고 하더라도 집에 층간 소음 방지 매트리스가 깔려 있으므로 괜찮으며, 성악은 곧 다가올 콩쿠르 준비를 미룰 수 없기에 방음실에서 연습하고 있다'라고 했단다.

아래층에 사는 내가 안 괜찮은데 왜 시끄럽게 구는 쪽이 괜찮다고 하는지 이해가 되지 않았다. 그런 의문을 말했더니 관리실 직원이 귀찮아하는 말투로 이미 조용히 해 달라고 요청해서 다시 연락하긴 힘들다고 답했다. 더 말해 봐야 입만 아플 거라는 의미이다. 그 나저나 불만을 제기한 적도 없는 성악이며 콩쿠르 얘기는 또 뭐란 말인가. 설마 이전에 살던 집에서 했던 변명을 자동 반사로 읊은 건가? 그렇다면 정말 최악이다.

의심이 끝나기도 전에 쿵쿵거리는 소리가 다시 들렸다. 이번엔 비명 같은 꺄악, 하는 소리도 함께였다. 까치발로 걷도록 조기 교육을 받은 위층의 막내는 망아지와 까마귀의 교배종으로 빙의해 초원을 누비듯 거실을 종횡무진하고 있었다. 그래도 일단 참아 보기로 했다. 일반인이면 참을 수 있는 소음을 소리에 민감한 내가 괜히 예민하게 받아들이는 걸 수도 있으니까. 효진이와 덕환이를 부른 건 그런 이유에서다. 객관적으로 판단해 줄 사람이 필요했다.

먼저 도착한 효진이가 거실로 들어서자마자 수다를 터뜨렸다.

"오는 길에 싸우는 커플 봤어. 남자가 여자한테 헤어지자고 하더라."

"싸우는 걸 구경했어?"

"응원해 줬지. 꼭 헤어지길. 이 세상의 커플은 모두 헤어져야 해."

"왜 헤어져야 하는데?"

"내가 커플이 아니잖아."

그렇게 심통 부릴 거면 일 년 전에 덕환이와 사귀지 그랬냐고 말하려던 때 거실 천장 위로 폭격이 우다다다 지나가면서 대화가 끊겼다. 효진이가 놀란 눈으로 천장을 올려다보았다. 소리가 잦아들 때까지 고개를 들고 있던 효진이가 재채기를 했다.

"굉장한 소리네, 에취!"

"어때? 네가 듣기에도 심해?"

"아주 폭력적이야. 소리가 이렇게 폭력적일 수도 있구나. 에취!"

효진이가 또 재채기를 하면서 말을 받았다.

"감기 걸렸어?"

"아니, 너무 놀라서 입 벌리고 있다가 먼지 먹었나 봐."

내 방으로 휴지를 가지러 간 효진이가 한참을 나오지 않아서 가봤더니 방에 없었다. 어느새 나갔나 싶어 여기저기를 찾아보았지만, 어디에도 없었다. 혹시 숨은 건가 하는 생각이 들어 내 방으로 다시 돌아가 옷장을 열었더니 효진이가 우악, 하고 장난을 쳤다.

"아우, 깜짝이야. 너, 내가 반사 신경이 좋기에 망정이지 다른 애한테 그랬으면 한 대 얻어맞았어."

"오! 제성스, 까리한데."

"내가 왜 까칠해? 네가 먼저 놀라게 했잖아. 애도 아니고."

"까리하다는 건 그런 뜻이 아니라고 지난번에 알려 줬잖니. 학습좀 제대로 해라."

"몰라. 나와, 빨리."

"제성스, 누나한테 이러면 안 될 텐데. 나 네 비밀 찾았잖아."

아침부터 층간 소음에 시달린 탓에 효진이와 놀아 줄 기분이 아니었다. 좀 전부터 어지럽고 속이 울렁거리기까지 했다. 나는 뭔가를 온몸으로 가리고 있는 효진이를 우악스럽게 옷장에서 끌어내었다. 효진이는 끌려 나오는 와중에도 뭐가 그리 재미있는지 깔깔거리고 웃었다.

효진이가 가리고 있던 옷장 벽면에는 삐뚤빼뚤한 글씨로 한 문장이 쓰여 있었다.

비스킷을 괴롭히는 사람에게 복수하겠다.

세상이 좁아지던 어느 날, 옷장에 숨어 쓴 다짐이다. 소리에 갇혀 외롭고 무서웠던 걸 들키고 싶지 않았던 어린 시절의 나. 겉돌던 내가 비스킷을 만난 뒤로 감춰 둔 감정들이 변화하기 시작했다.

효진이를 위협하던 개를 뻥 차 버리고 얼마 뒤, 나는 개의 주인에게 덜미를 잡히고 말았다. 이르지도 못하는 동물한테 한 복수가 걸릴 줄은 꿈에도 몰랐다. 엄마가 개 주인에게 치료비를 배상하며 어린아이니 너그럽게 용서해 달라고 머리를 조아렸다. 엄마가 누군가에게 비는 모습을 본 적이 없어 이제 나는 큰일 났구나, 싶었다. 아니나 다를까. 집으로 들어오자마자 엄마가 나를 벽 앞에 세워 두고 추궁했다.

"개를 왜 찼어?"

"짖어서."

"개니까 짖지."

"하지만 여자아이한테 덤벼들 듯이 짖었단 말이야."

"어떤 여자아이? 개 주인 말로는 아무도 없는데 네가 뛰어와 개를 일방적으로 걸어찼다며? 왜 거짓말 해? 엄마가 속을 줄 알았어?"

엄마가 화를 내자 분했다. 비스킷이 다른 사람에게 보이지 않는 건 내 잘못이 아닌데. 단지 비스킷을 구하기 위해 걸어찬 건데. 이게 이토록 화를 낼 일일까. 결국 나를 믿어 주지 않는 건 엄마도 아버지도 마찬가지였다. 이때부터 어른들에게 실망한 건지도 모르겠다. 혹은 기대감이 없어졌거나.

여하튼 울분을 삼킬 겸 옷장에 들어가 있자니 아무도 알아보지 못하는 비스킷에 대한 동정심과 더불어 나도 비스킷이 될지도 모른다는 공포감이 밀려왔다. 바로 그때였을 것이다. 비스킷을 괴롭히는 것들에게 복수를 하자고 다짐한 것은. 아무도 알아보지 못하는 존재도 지켜 줄 누군가가 필요한 법이니 내가 구하겠다는 맹세도 했다. 어쩐지 구하고 나면 저주가 풀려 내 병도 나을 것만 같았다.

"책상 밑에도 있더라."

효진이가 가리킨 책상 안쪽 바닥에도 같은 글이 적혀 있었다.

"이 정도면 방 여기저기에 쓰여 있는 거 아니야? 부적처럼. 아직도 소리 때문에 괴로워? 비스킷을 구해야지만 나을 것 같아?"

어린이집이 끝나고 우리 셋이 뭉칠 때마다 비스킷을 못살게 구는 사람들을 무찌르고 세계 평화를 이룩하자며 머리를 맞대던 때도 있었지. 이젠 정의를 꿈꾼다는 말을 꺼내는 것조차 민망한 나이가 되었다.

"내가 애냐."

효진이가 흐음, 하고 입을 삐죽 내밀었다. 거짓말인가를 가늠해 보는 표정이었다. 그때 마침 초인종이 울렸다. 현관에서 운동화를 벗던 덕환이가 잠시 멈칫했다. 까마귀가 위층에서 집이 떠나가라 악을 쓰고 있었다.

"말소리라는 것까진 알겠는데 뭐라고 하는 거야?"

"껌 달라고 조르는 거 같아. 엄마는 거실에 씹던 껌을 그냥 뱉으니까 안 된다고 하고."

"네 청각은 진짜 존경스럽다."

"존경스럽긴. 내가 위층이랑 같이 사는 건가 싶어 소름 돋는다."

덕환이가 거실로 들어서자 효진이가 소파에 앉아 있다가 손을 들어 인사했다.

"헤이, 요! 덕 도령 왔는가!"

덕 도령은 효진이가 덕환이를 부르는 애칭이다. 도령처럼 바르고 참하다나 뭐라나. 애칭으로 부를 거면 그냥 사귀지. 왜 사귀지 않는지 물었더니 어릴 때부터 볼 꼴 못 볼 꼴 다 봐 온 사이라 설렘이 부족하단다. 좋으면 좋은 거지. 떨리는 감정까지 완벽히 갖춰야만 사귈 수 있다니, 연애라는 건 복잡하다.

"네 말대로 위층 심각하네. 항의해도 되겠어."

"이미 관리실에 항의했는데 안 먹혔대."

"층간 소음의 65퍼센트 이상이 애들이 뛰어다니는 소리에서 비롯된대. 너희 집 보니까 100퍼센트 같다."

"위층에 단거리 육상 트랙 있는 거 아니야? 박차고 뛰는 소리가 육상선수랑 흡사해. 위층에 한번 물어봐. 거실을 운동장으로 착각한 거 아니냐고."

"근데 애가 뛰는 소리라기보다 드럼통이 굴러다니는 소리 같지 않아? 영화에서 보면 언덕에서 굴러온 나무 드럼통이 도착지에서 쿵쿵거리면서 튀어 오르잖아. 위층 사람들은 분명 드럼통 굴리기를 시전 중인 거야."

"거실에 있다 보니까 다른 소리도 들었어. 어른이 발뒤꿈치로 내는 소리 같더라."

나를 대신해 소음을 판정하라고 불렀더니 이것들이 신이 나서 대화 중이다.

"좀 비켜 봐. 아침부터 신경 썼더니 어지러운 것 같아."

내가 긴 소파에 눕자 효진이가 바닥으로 내려갔다.

"약 먹어야 하는 것 아니야? 가져다줘?"

나는 손사래를 치고 이마에 손을 얹었다. 이마가 뜨거운 게 어쩐지 열도 나는 것 같았다.

"저주파의 저주인가 보네."

"저주파? 그게 뭔데?"

덕환이가 설명했다. 100헤르츠 이하의 소리를 저주파라고 부른다고. 층간 소음은 50헤르츠 이하라 저주파에 해당한다. 공기를 타고 창문을 통해 울리는 고주파는 창문을 닫으면 차단되지만 저주파는 벽이나 천장을 타고 전달된다. 귀뿐 아니라 머리나 가슴의 떨림으로 소리를 느끼기에 어지러움, 가슴 울림, 통증 등의 증세가 동반된다고 한다.

"제성스네 좋은 아파트 아니었어?"

"아파트가 높을수록 쌓아 올리는 재료가 가벼워야 하잖아. 무거운 건축 자재를 쓸 수가 없어. 아무리 질 좋은 흡음 재료라고 해도 일단 가벼우면 소음이 쉽게 발생하는 거지."

"그래서 옆집보다 위층 소음이 심각한 거구나."

"맞아. 제성이가 어지러운 건 위층에서 타고 내려온 저주파의 영향인 거지."

나름 분석적이나 지금 도움이 될 건 없다. 이사 오기 전에 말해 주든가. 알았다면 내가 사다리차 앞에 드러누워서라도 이사 오지 못하도록 막았을 텐데.

"찾아가서 조용히 해 달라고 부탁해 봐."

"안 돼. 남의 집에 찾아가는 건 불법이래."

"그럼 손바닥으로 천장을 쳐서 주의를 주는 건? 인터넷 찾아보니까 그 방법은 합법이라는데. 한번 쳐 볼까?"

"지금 마음 같아선 천장을 부수고 싶다."

위층에선 들까불며 날뛰는 발소리가 났다. 드디어 껌을 받았나? 그럼 얌전히 풍선이나 불 것이지, 숨차게 왜 뛰어다니는 걸까?

효진이가 냉장고에서 가져온 1.5리터짜리 생수병에 입을 대고 벌컥벌컥 마시더니 빈 병을 덕환이한테 건넸다.

"쳐 봐."

"손바닥으로 쳐야지 합법이라며?"

"손으로 치면 손 아파. 손으로 치는지 발로 치는지 위층에서 어떻게 알겠어? 반응이나 한번 봐 봐."

덕환이가 손을 뻗어 생수병 모서리로 천장을 쳤다. 위층이 잠시 조용해졌다.

"통했나?"

효진이가 반색한 것도 찰나였다. 덕환이가 천장을 친 횟수만큼 위층에서 발을 구르는 소리가 들려왔다.

"천장 쳤다고 맞받아친 것 맞지? 어이구, 모스 부호 주고받는 줄 아나."

"포기하고 밥이나 먹자."

음식이 배달되는 동안 덕환이가 비스킷을 구할 계획을 세웠다면서 환경 보호 프로젝트를 운영하는 아이들과 도주를 연결하는 방법을 제안했다. 전국 단위의 모임이고 온라인으로만 접촉하기 때문에 직접 만날 걱정을 하지 않아도 되었다. '브레인'다운 좋은 의견이라고 하자 덕환이가 프로젝트 리더에게 연락해 보겠다며 핸드폰 일정에 할 일을 적었다.

밥을 먹은 뒤에는 넷플릭스로 코미디 영화를 한 편 봤다. 영화를 보는 도중에도 위층의 만행은 계속되었다. 수업을 듣듯이 십 분 쉰 뒤 오십 분 동안 충실하게 내달렸다. 학생이라면 서울대 가고도 남았을 실력이었다. 내 어린이집 동창들은 진저리를 치며 각자의 안락

한 집으로 얼른 돌아가고 싶어 했다.

"자고 가라."

주섬주섬 자리에서 일어나는 덕환이와 효진이에게 간절한 눈빛을 보냈다.

"시절아, 이 상황에서 잠이 오겠냐."

"시절? 무슨 뜻이야?"

"충청도 욕이야. 해석하자면 바보, 멍청이 정도 되겠네."

"너 사투리 공부하니?"

"모름지기 배움이란, 실생활에 유용한 걸 공부해야 하는 거야. 너희들도 배워 두면 쏠쏠하게 쓸 수 있을 듯."

"오늘 같이 공부하자. 사투리든, 카페 경영이든 완벽하게 익힐 수 있도록 도울게."

나는 효진이를 붙잡고 늘어졌다. 효진이가 자고 간다고 하면 덕환이도 세트로 남을 걸 알기 때문이다. 효진이는 내 공략에 넘어가지 않았다.

"차라리 아지트 가서 자."

"밤에는 안 뛰겠지. 자고 가라, 응?"

애들이 자고 가면 오늘 밤 세상이 납작해지지 않을지도 모른다. 하지만 둘 다 내 마음을 몰라 주고 집으로 홀랑 돌아가 버렸다.

의리 없는 것들.

구시렁대며 일회용 용기를 씻고 있는데 갑자기 사위가 조용해졌다. 망아지가 잠이 들었는지 뛰지 않는 것이다. 홈쇼핑만 틀지 않으면 우리 집은 원래 고요했다는 걸 깨닫자 불과 며칠 전의 날들이 오래된 과거처럼 느껴졌다.

발소리가 끊겼으니 적어도 잠은 푹 잘 수 있겠다 싶던 차에 쿵쿵거림과 교대하듯이 노랫소리가 들려왔다. 모차르트의 오페라 〈마술피리〉 중 '밤의 여왕의 아리아'였다. 시계를 보니 아홉 시 삼십 분이다. 가지가지 한다, 정말. 한밤중에 성악 연습이라니. 더욱이 밤의 여왕이 목감기라도 걸렸는지 엉망으로 갈라지는 고음을 듣자니 낮에 예고까지 해 주며 연습 정보를 흘린 건 마음의 준비를 하라는 위층의 도전장이었나 싶었다.

그나마 다행스러운 건 소프라노가 끈질기지 않다는 점이었다. 초절 기교가 가득한 아리아를 따라가기엔 버거운 듯 노래를 멈추는 구간이 길었다.

나는 천장을 손바닥으로 두드렸다. 노랫소리가 뚝 끊겼다. 드디어 성공한 건가? 층간 소음으로 살인까지 일어나는 마당에 나를 막다른 골목으로 몰지 않은 이름 모를 신에게 감사의 인사를 보냈다. 물론 두 시간 삼십 분 뒤에는 마음이 싹 변했지만.

길고양이도 잠들었을 열두 시쯤, 우리 집 초인종이 울렸다. 처음엔 잘못 들은 줄 알았다. 상식적으로 누가 자정에 초인종을 누른단 말인가. 그런데 초인종을 누른 사람이 아주 신경질적으로 연달아 세 번이나 더 눌렀다.

인터폰 화면에 어제 갑질을 구현하며 경적을 울리던 아주머니의 얼굴이 보였다.

"누구세요?"

"위층 사는 사람이에요. 천장 왜 친 거예요?"

"네?"

"왜 천장을 치냐고요. 문 좀 열어 봐요. 나와서 설명 좀 해 보세요."

하아! 이제 한숨도 아깝다. 종일 쿵쿵거리면서 뛰어다니고 밤늦게 성악까지 섭렵하더니 내가 천장 두어 번 친 걸로 화가 나서 찾아왔다니. 진즉에 찾아가서 따지고 싶었던 건 오히려 난데. 황당하기 그지없었다.

"저기요. 남의 집에 불쑥 찾아와 초인종 누르는 거 불법인 거 아세요? 신고하기 전에 돌아가세요."

"아래층에서 천장 두드리면 어떤 기분인 줄 알아요? 아주 더러워요. 그러니까 나와 봐요."

나오라 마라 명령하는 데 도가 튼 아주머니인가 보다.

"기분 얘기하셔서 하는 말인데요. 저도 위층이 하도 쿵쿵거려서 기분이 몹시 안 좋아요. 근데 그보다 몸이 더 안 좋아요. 층간 소음이 임신부가 유산할 정도로 몸에 스트레스를 주는 거 아세요?"

"이 집에 임신부 있어요? 듣기엔 고등학생 아들뿐이라던데."

"제 말은 애초에 쿵쿵거리지 않고 노래도 부르지 않았으면 제가 천장을 칠 이유도 없었다는 거예요. 그리고 제가 천장을 쳐서 주의를 준 게 기분이 나빴어도 이 시간에 내려오시면 어떡해요?"

"내가 내려오고 싶을 때 내려오지도 못해요? 시간 정해 두고 내려와야 하냐고요?"

"같은 말 반복하는 것 같은데요. 이렇게 찾아와서 초인종 누르는 거 불법이에요. 심지어 야간에 그러면 형법상 야간 주거 침입죄 또는 퇴거 명령 불응죄에 해당한다고요."

"헛! 법 좀 안다고 잘난 척은! 가만, 말하는 것 들어 보니 학생 같은데. 학생 맞지? 학생이 천장 친 거야? 집에서 그렇게 가르쳤어? 집에 어른 안 계시니?"

어른들의 치사한 수법이 나왔다. 내가 한 일을 가지고 어른이나 집안을 들먹거리는 일. 진심으로 실망했다. 이런 어른은 되지 말아야겠다는 다짐까지 할 만큼. 신물 나게 지겨운 상황에 내 목소리도 점점 퉁명스러워졌다.

"막내나 제대로 교육해 주시죠. 하도 뛰어서 천장 무너지는 줄 알았어요."

"우리 앤 이제 겨우 네 살이야. 한창 뛰어 놀 나이라고. 애가 그럴 수도 있지! 뛰지 말라고 해서 우리 애 기죽으면 네가 책임질 거니?"

"아리아는요?"

"우리 큰애가 대입 준비 중이라 밤낮으로 연습해도 모자랄 판인데, 같은 학생이면 대입을 앞둔 고충을 이해해야 하는 것 아니니? 그리고 방음실에서 연습하는데 뭐가 시끄럽다고 난리를 치는 거야?"

좋은 이웃을 만나는 건 신의 영역이었다. 그리고 나는 방금 신으로부터 우리 집은 이제 지옥이라는 선언을 듣고 말았다. 이웃을 잘못 만나면 아무리 좋은 집이라도 지옥이 된다.

가슴에서 들끓는 말들을 꿀꺽 삼킨 채 잔소리와 불만 그리고 다시는 천장을 치지 말라는 협박을 듣다가 방으로 들어가자 다시 무지막지한 아리아의 습격을 받았다. 얼어죽을 아리아! 안하무인 위층! 싹 다 꺼져 버리면 좋겠다.

오토바이의 시끄러움

밤을 새웠다. 밤새 밤의 여왕의 단도에 가슴을 찔린 기분이다. 지금까지 클래식을 좋아했는데 밤의 여왕을 만난 지 불과 하루 만에 클래식의 '클'자도 듣고 싶지 않았다. 오페라도 마찬가지다. 잠을 못 잔 탓에 몸이 으슬으슬 추웠다. 소음에 시달린 부작용일지도 모른다. 돌팔이 영감이 처방해 준 약을 꺼내 한 번에 삼켰다. 빈속으로 약이 빠르게 퍼져 갔다.

소파에 나른하게 누워 먼지가 내려앉는 걸 보고 있는데 덕환이한테 카톡이 왔다. 환경 보호 프로젝트 리더가 호스트로 합류하는 걸 허락했다며 도주와 상의해 보자는 내용이었다. 도주에게 상황을 전하며 오늘 볼 수 있는지 묻자 일 분도 지나지 않아 만날 수 있다는 답변이 왔다. 다들 아침형 인간인지 일찍 일어난다. 덕환이가 한 시에 자원봉사 동아리 활동이 있다고 해서 열한 시에 영어 학원 근처 스타벅스에서 만나기로 했다.

약속 장소로 가기 전에 두 시간이라도 자 보려고 침대에 누웠다. 기다리고 있었다는 듯 다시 쿵쿵거리는 뜀박질이 시작되었다. 네 살 꼬맹이가 엄마의 비호 하에 공동 주택에서 마음껏 뛰어놀 태세를 갖췄다.

나는 위층에 할 수 있는 온갖 복수를 상상하면서 잠을 자는 대신 오트밀을 먹었다. 돌팔이 영감이 봤더라면 왜 약을 먼저 먹고 오트밀을 먹는지, 순서를 바꿀 생각은 해 보지 않았는지 질문하며 차트에 기록을 남겼겠지만, 지금은 집에 혼자 있으니 내 마음대로 해도 상관없다.

비몽사몽한 상태로 텀블러를 가지고 스타벅스에 도착하니 덕환이와 도주가 먼저 와 있었다. 덕환이가 내가 들고 있는 텀블러를 보더니 빙긋 웃었다.

"너도 텀블러 가지고 왔네. 왠지 나만 환경 파괴범이 된 것 같다."

"나는 전도 받아서 지구의 영생을 돕기로 했거든."

텀블러에 커피를 받아 자리로 돌아오자 덕환이가 가방에서 노트북을 꺼냈다.

"네가 환경 문제에 관심이 많다고 해서, 관심사를 발전시키면서 유대감을 형성할 방법을 고민해 봤어."

덕환이가 노트북 화면을 도주 쪽으로 돌려놓았다. 화면에는 '우리의 에코-(ECO-)'라는 홈페이지가 떠 있었다.

"에코면 그리스 신화에 나오는 숲의 요정인가?"

"숲의 요정인 에코는 Echo. 여긴 ECO-. 무슨 뜻인지 넌 알지?"

덕환이의 질문에 도주가 당황한 표정을 지었다가 이내 고개를 살며시 끄덕였다.

"환경이나 생태계에 관련된 단어에 붙여 쓰여."

"맞아. 여긴 전국에 있는 청소년들이 환경 보호를 실천하기 위해 만든 프로젝트 실현 사이트야. 호스트가 프로젝트를 팀 단위로 개설하면 팀원이 온라인으로 자유롭게 참여하는 구조야. 네가 원하면 호스트가 될 수도 있어. 실생활에서 쉽게 시도해 볼 만한 기획의 적임자라고 내가 널 추천했어. 리더가 훌륭한 호스트를 찾고 있거든. 프로젝트를 주최하다 보면 네 존재감도 커질 수 있을 테고."

덕환이는 꼼꼼한 성격답게 프로젝트를 주최할 상황까지 대비하고 있었다. 하지만 도주는 입술을 깨물었다. 갑자기 호스트가 되라고 하니 부담스러운 모양이다.

"당장 너 혼자 프로젝트를 기획하라는 건 아니야. 부담되면 프로젝트를 맡지 않고 팀원으로 활약해도 괜찮아. 팀원으로 시작한 뒤에 자신감이 생기면 프로젝트를 만들어 보는 방법도 있으니까."

덕환이의 친절한 부연 설명에도 도주는 좀체 입을 열지 않았다. 부끄러움이 많아 나서기엔 무리인가. 용기를 내는 게 쉬운 일은 아닐 거라고 덕환이가 주저리주저리 덧붙이고 있는데 불쑥 질문이 들어왔다.

"왜, 왜 나한테 잘해 주는 거야?"

허를 찔린 덕환이는 명답안을 내놓아야 한다는 고민에 빠진 듯했다. 이럴 땐 내가 나서야 한다.

"네가 말해 줬잖아. 좋아하는 거랑 꿈이 뭔지. 우리는 그 바람이 멋지다고 생각해. 그래서 동참하고 싶은 것뿐이야."

"너흰 내가 튄다고 생각하지 않아?"

"이 사이트에 대입해 보면 너 완전히 평범해."

도주가 웃었으면 해서 한 말인데, 웃지 않았다. 도주는 땅을 파고 들어가려는 듯 자꾸만 고개를 숙였다. 심상치 않은 분위기에 어른들이 우리를 흘깃거렸다. 어른들에게 쳐다보지 말라고 하고 싶다. 어른들도 참고 견디다가 꺾어질 때가 있으면서 이럴 땐 꼭 과거가 백지인 것처럼 군다.

"날 이해해 주는 누군가가 있었으면 했어. 아무도 날 존중하지 않는 거 같아서 비참했어. 그래서 이런 기회가 있을 때도 나를 믿지 못하니까 다른 사람에게 기회를 넘겼어. 나 너무 나약하지?"

도주가 원하는 메아리는 다정한 위로일 것이다. 그런데 내 메아리는 조금 신랄하다.

"네가 괴로운 일을 당해 숨고 싶었던 건 잘 알아. 근데 자신을 존중하지 않으면서 다른 사람한테 존중받을 수는 없어. 네가 먼저 널 긍정해야지 다른 사람도 동화될 수 있잖아. 괴롭힘에 깨진 네 마음, 꿈, 기분 같은 것들을 계속 말해. 말하지 않으면 누구도 널 이해할 수가 없어. 아이들이 듣지 않는 것 같아도, 말하다 보면 언젠가는 널 이해하는 사람이 생길 거야. 그런 사람이 생길 때까지 우리 휘둘리지 말고 같이 자신을 지켜 내자."

"미안해."

"미안하다는 사과는 너 자신한테 해. 지금껏 좋아하지 않아서 진심으로 미안하다고. 앞으로 최선을 다해 아껴 주겠다고."

울릴 생각은 없었다. 진심이다. 그간 일어난 일은 도주의 잘못이 아니고, 운다고 가슴을 후빈 상처가 마법처럼 사라지진 않으니까. 그래도 기왕 울었으니 고개를 빳빳하게 든 채 실컷 울기를 바랐다. 그동안 받아 온 무시와 냉대, 모욕이 응어리져 눈물로 쏟아 내고 나면 더는 가슴에 남지 않기를. 자신이 얼마나 쓸모있는 사람인지 알

아주길 바랐다.

"나 프로젝트 해 볼게. 머릿속에 구상해 놓은 게 아주 많아. 할 거야, 프로젝트."

스타벅스 앞에서 도주가 텀블러를 흔들며 인사했다. 활짝 웃는 표정이 산뜻했다. 도주의 윤곽은 많은 감정이 덧입혀져 짙고 선명한 상태를 유지하고 있다. 그 감정들은 앞으로 도주를 힘들게 만들 때도 있겠지만 대체로 긍정적으로 작용할 것이다.

그렇게 햇살 속으로 비스킷이었던 아이가 걸어간다. 다시는 비스킷이 되는 일이 없기를. 나의 바람을 알기라도 하는 듯 도주의 뒷모습마저 웃고 있다.

"잘됐지?"

"응. 잘됐어."

이번 일을 함께 고민해 준 덕환이는 생색도 내지 않고 봉사활동에 늦었다며 담담히 버스 정류장으로 향했다. 덕환이를 배웅하고 이제 집으로 돌아가 홀가분하게 밀린 잠이나 자야겠다고 생각하며 걷다가 비스킷을 한 명 더 봤다. 온몸이 회색으로 보일 만큼 색 바랜 할아버지가 횡단보도를 건너고 있었다. 1단계인지 2단계인지 확실하지 않아 저절로 눈이 갔다.

할아버지가 인도에 다다르기 전, 갑자기 우회전한 오토바이 다섯 대가 할아버지 곁을 빠르게 지나쳐 갔다. 까딱했으면 할아버지가 오토바이에 치일 뻔했다. 나는 횡단보도로 뛰어가 주저앉은 할아버지를 부축했다. 할아버지의 손이 떨리고 있었다. 직진 신호를 받은 차들에 손을 들어 양해를 구하며 천천히 횡단보도를 건너갔다. 인도로 모셔 드리자 다리가 풀린 할아버지가 다시 주저앉았다.

이런 순간에는 복수를 다짐하게 된다. 비스킷은 잘 보이지 않기에 위험한 상황에 노출될 확률이 높지만, 애초에 오토바이들이 교통 법규만 제대로 지켰다면 닥치지 않았을 일이었다. 할아버지를 칠 뻔한 오토바이는 분명 며칠 전 고막 테러를 했던 무리였다. 다년간 소리 강박증으로 다져진 내 귀는 상스럽고 포악한 엔진 소리를 정확하게 구분할 수 있었다. 다음에 개조한 오토바이를 마주치면 가만두지 않을 거다. 그러니 설치고 다니지 않는 게 좋을 거야.

내 경고는 십 분도 지나지 않아 현실로 이루어졌다. 마치 잡히길 기다렸다는 듯 오토바이 다섯 대가 상가 앞에 나란히 서 있었다. 검정, 빨강, 파랑, 노랑, 하양. 심리 테스트에서 같은 색을 선택하지 않아야 개성이 산다고 착각한 컬러 마니아들이 오토바이를 고른 것 같았다. 컬러 마니아들은 주변에 없었다. 정의 구현과 스트레스 수치까지 합산해 복수할 기회였다.

나는 서둘러 근처 서점으로 뛰어가 공주 캐릭터 스티커 북을 사서 나왔다. 오토바이는 여전히 그대로 서 있었다. 후드를 뒤집어쓰고 매끈한 오토바이에 정성을 다해 공주 스티커를 붙였다. 미소 짓는 공주 스티커를 붙일 때마다 오토바이는 고유의 색을 잃어 갔다. 내가 붙였지만 보고 있자니 저절로 눈살이 찌푸려졌다.

불법 개조를 한 만큼 오토바이를 아끼는 마음도 클 것이다. 그런데 어쩌나. 종이 스티커라서 떼려면 고생 좀 할 텐데. 그래도 오토바이에 애정이 있다면 도로를 무자비하게 달리는 시간을 아껴 원상 복구는 잘해 놓을 테지. 그 시간 동안만이라도 도로에는 평화가 찾아올 거다.

공주 스티커 사백 장을 오밀조밀하게 붙여 두고 근처 카페에서 텀블러에 커피를 받았다. 야외 테이블에 자리 잡고선 비명에 대비하기 위해 소리 공포증 약을 먹었다. 오 분쯤 지나자 상가 건물에서 고등학생으로 보이는 아이들 다섯 명이 나왔다. 한껏 기대하고 있으니 좋은 반응 보여 줘!

오토바이에 붙은 스티커를 어떤 식으로 발견할지 딴청을 부리며 지켜보고 있는데 무리 중 한 명이 나를 흘깃 봤다가 민망할 만큼 뚫어지게 쳐다봤다. 그러곤 옆에 있던 아이를 툭 쳐서 나를 손가락질했다. 뭐지? 아직 오토바이 근처까지 가지도 않았는데. 이상하다.

덩치가 예사롭지 않은 아이가 내 쪽으로 어슬렁거리며 다가왔다. 어디에서 본 적이 있는 것 같다. 오토바이 키를 허공으로 던졌다가 받는 저 행동을 어디서 봤더라?

"맞네, 도둑놈. 너 성제성이지?"

내 이름을 정확하게 부르는 걸 보면 나를 아는 사람이다. 근데 도둑놈? 내가 왜?

"네가 내 볼펜 훔쳐 갔다며? 겁도 없이 감히 내 물건에 손을 대? 넌 오늘 뒈졌어."

이모가 사는 세상만 좁은 게 아니구나. 내가 사는 세상도 엄청 좁았구나. 깨달음은 언제나 뒤늦게 온다더니 그 말이 딱 맞았다. 어차피 보노보가 나를 찾고 있다는 건 이미 알고 있었던 일이다. 발뺌해 봐야 소용없었다.

"내가 가져간 건 맞는데 훔치진 않았어."

보노보가 욱하며 주먹을 뻗는 시늉을 하기에 가볍게 비켜섰다. 예상한 반응이다.

"이 새끼가 누굴 호구로 아나. 내 볼펜을 쓰레기통에 버려 놓고 구라를 까네."

"정확하게 알고 있네. 훔치려고 가져간 게 아니라 버리려고 가져간 거야. 뭐, 버린 건 유감이다."

82

"유감? 유감이라면 다냐? 양심도 뻔뻔하네."

"유감이라는 말이 뻔뻔함으로 연결되는 단어는 아닌데. 너 국어 못하는구나."

내 말에 보노보가 차마 노트에 옮겨 적지 못할 욕을 격정적으로 해 댔다. 조만간 험악한 상황이 될 것 같다고 생각한 순간, 기다리던 일이 터졌다.

"이거 뭐야? 스티커야?"

드디어 무리 중 한 명이 오토바이에 붙은 스티커를 발견했다. 다들 자신의 오토바이를 이리저리 둘러보면서 탄식을 흘렸다. 스티커를 손톱으로 긁다가 잘 떼어지지 않자 조금 전 내가 들었던 욕보다 더 심한 상스러운 말이 오갔다.

나는 슬슬 뒷걸음질을 쳤다. 지금은 스티커에 정신이 팔려 있지만 곧 용의자를 좁혀 올 것이다. 이것마저 내가 한 짓이라는 사실이 걸리면 석고대죄를 해도 용서해 줄 것 같지 않은 분위기다. 도주로가 비었는지 확인차 슬쩍 고개를 돌렸다. 방해가 되는 건 없다. 있는 힘껏 도망치기만 하면 된다.

"너지? 성제성, 네가 스티커 붙였지?"

보노보가 나를 노려봤다. 이 타이밍에 도망가면 범인이라는 걸 인정하는 꼴이고, 도망가지 않으면 변명을 또 해야 한다. 더 이상 변명거리도 없으니 도망치는 걸 선택하는 편이 현명하다.

"너희들 오토바이 소리 진짜 시끄러워. 그리고 교통 법규 좀 지켜. 비스킷이 다칠 뻔했잖아."

"뭐? 누가 다쳐? 비스킷? 스티커 붙였냐고 물었더니 뭔 헛소리를 해 대."

"그래, 내가 붙였다. 비스킷의 복수다."

나는 재빨리 골목으로 달려갔다. 뒤에서 잡아, 하는 외침과 오토바이에 시동을 거는 소리가 동시에 들려왔다. 한 명이 내 뒤를 달려서 쫓아왔다. 효진이와 달리 나는 체육 점수가 좋지 않다. 내가 전력으로 달려도 웬만큼 달리는 사람이라면 나를 따라잡을 수 있다.

그러나 나를 쫓던 아이는 시동 거는 소리에 마음이 조급해진 것 같았다. 아마도 자신만 두고 오토바이들이 출발할 거라고 여겼는지 달리기를 멈추고 오토바이 쪽으로 되돌아갔다. 오토바이는 달리는 인간보다 빠르지만, 이 동네에서 나고 자란 나는 오토바이가 따라올 수 없는 골목을 꽤 알고 있다. 운이 따르면 따돌릴 수도 있을 것이다.

골목을 누비며 상가에 숨었다가 오토바이 소리가 들리지 않는 방향으로 뛰어가길 반복했다. 숨을 몰아쉬며 둘러보니 어느새 처음와 보는 동네였다. 하도 여기저기로 뛰다 보니 방향 감각을 잃어 모르는 동네까지 온 모양이다.

고급 주택 단지를 지나가는데 멀리서 오토바이 엔진 소리가 들려왔다. 저리 시끄러우니 실수라도 잡혀 줄 수가 없다. 오토바이가 지나갈 때까지 숨을 겸, '공사 중'이라는 팻말이 붙은 주택 안으로 들어갔다.

마당에 잔디가 깔린 고풍스러운 집이다. 창틀에 먼지가 많지 않은 걸로 보아 공사를 시작한 지 하루도 되지 않은 것 같았다. 큰 돌로 둘러 놓은 잔디밭을 지나 주택 뒤로 돌아가자 나뭇잎을 스치는 바람 소리가 먼저 들려왔다. 눈앞의 풍경이 믿기지 않아 눈을 감았다가 슬며시 떴다. 내가 늘 꿈꾸던 목가적인 풍경이 그림처럼 펼쳐져 있었다.

여긴 천국인가.

넋을 놓고 푸른 하늘과 거대한 나무들을 바라보았다. 각양각색의 다채로운 꽃들이 바람에 흔들렸다. 몇 시간을 봐도 질리지 않을 것 같은 충만한 정원이었다.

그때 바람 소리에 섞여 흙을 밟는 발소리가 희미하게 들렸다. 시든 꽃들이 쌓여 있는 곳을 가만히 바라보니 이번에는 하아, 하고 숨을 얕게 내뱉는 소리가 들려왔다. 누군가 있다. 숨소리에 집중하자 윤곽이 흐리고 뭉개진 비스킷이 서서히 보였다. 긴 머리를 늘어뜨린 내 또래의 여자아이다. 그리고 확실한 비스킷 2단계였다.

내가 바라보는 사이에 비스킷의 몸이 점점 뚜렷해지며 윤곽이 온전히 드러났다. 비스킷은 손차양을 이마에 댄 채로 고개를 젖히고 있었다. 뜨거운 햇살이 비스킷의 얼굴 위로 쏟아져 손으로 가린 이마부터 콧방울까지 그늘이 졌다.

시선을 느낀 비스킷이 나를 마주 봤다. 한동안 서로 눈을 마주친 채 눈길을 돌리지 않았다. 비스킷이 손을 흔들며 물었다.

"보여?"

"보여."

"밖에 세워 둔 공사 중 팻말 못 봤어?"

"봤어."

"경고문을 보고도 멋대로 들어왔다는 거네."

비스킷이 나를 가볍게 질책했다. 자신이 잘 보이지 않는다는 사실을 알면서 그 문제는 별것 아니라는 듯 다른 화제로 돌리는 대화 방식이 신선했다. 나는 괜히 흙바닥을 툭툭 찼다. 결례이니 밖으로 나가야 한다는 건 나도 알았다. 그런데 발길이 좀체 떨어지질 않았다. 천국에서 나가면 분명 후회할 거라고 미래의 내가 무의식을 향해 충고하는 것 같았다.

비스킷은 더는 내게 관심 없다는 듯 모종삽으로 흙을 파내기 시작했다. 꽃대가 꺾이지 않도록 조심히 받친 채 시든 꽃을 심었다. 꽃대가 구부러진 채 흔들거렸다. 비스킷이 방금 심은 꽃 주변을 꾹꾹 눌러 흙을 다졌다.

"시들었는데, 왜 다시 심는 거야?"

비스킷이 집게손가락을 입술에 대었다.

"쉿! 그냥 바람 소리나 듣다가 가."

인생을 통틀어 가장 멋진 말을 들었다. 천국에 들어왔으니 조용히 천국을 느끼라는 의미. 풀잎이 발밑에서 춤을 췄다. 내 심장도 리듬을 타듯 두근거리는 걸 감출 재간이 없었다.

나는 비스킷의 옆에 자리를 잡으며 모종삽을 들었다.

"꽃길이 삐뚤빼뚤해."

비스킷이 무슨 말을 하는 거냐는 표정으로 뒤를 돌아보고선 미간에 주름이 질 만큼 인상을 썼다. 나는 모아 놓은 풀꽃 중에서 상태가 양호한 꽃을 골라 조심스럽게 땅에 심었다. 내 나름 마음을 내비치는 행동이었다.

"그런 식으로 심으면 꽃이 금방 쓰러져."

참견하기에 제대로 심는 방법을 알려 주려나 기대했는데 비스킷은 등을 돌린 채 꽃을 마저 심었다. 역시나 보통내기가 아니다.

그런데 이상하다. 비스킷의 몸이 다시 흐려지고 있었다. 꽃을 심는 행위로 자기 존중감이 생겼지만 일시적인 변화였는지도 모른다. 자존감과 자신감이 낮아진 2단계는 근본적인 변화가 일어나지 않는 이상 어디에서든 존재감이 약하다.

나는 점차 형체가 뭉개지고 있는 비스킷에게 손을 뻗었다. 비스킷은 내가 아니라 마당 쪽을 바라보았다. 그제야 마당에서 오토바이 소리가 들린다는 걸 깨달았다. 비스킷에게 집중하느라고 소리를 전혀 듣지 못했다. 관심이 소음을 차단할 수도 있구나. 감탄하며 고개를 돌리니 비스킷이 눈으로 묻고 있다. 저 소음이 내가 끌고 온 불청객인지를.

세상의 이치란 그런 법이다. 남이 기분 좋은 꼴을 못 보는 것. 분위기가 무르익은 지금, 시간을 재고 있었던 듯 하필 오토바이 무리가 나타났다. 천하에 쓸모없는 소음 덩어리들 같으니라고.

마당 안까지 진격한 오토바이 무리가 엔진을 공회전하며 바퀴로 잔디를 짓이겼다. 난장판이다, 아주.

"성제성, 한참 찾았잖아. 남의 오토바이를 훼손했으면 무릎 꿇고 빌어도 시원찮을 판에 숨으면 쓰냐?"

보노보가 비웃었다.

"오토바이 시동 꺼."

"상황 파악이 안 되냐?"

"몰상식하게 남의 집 마당을 망가뜨리고 있잖아."

"여기가 네 집이야? 너희 집도 아닌데 왜 이래라저래라 시비야."

비스킷의 집이라고 말하려다가 입을 다물었다. 비스킷은 아이들에게 보이지 않는다. 나설 수가 없는 상태였다. 뒤따라온 비스킷이 무표정하게 오토바이 무리를 바라봤다.

"야! 우리가 우습냐? 어딜 쳐다보고 있어?"

보노보가 검은색 오토바이에서 내린 뒤 다짜고짜 주먹을 날렸다. 거리가 있어서 치사한 공격을 겨우 피했지만 덩치만큼 힘 좀 쓰는지 주먹을 휘두를 때 공기를 가르는 소리가 무시무시했다. 아마도 근거리 주먹은 피하기 힘들 거다.

보노보가 주먹을 더 휘두를 기회를 보고 있을 때, 검은색 오토바이가 쓰러졌다. 비스킷이 킥 스탠드를 풀고 반대쪽으로 밀어 오토바이를 넘어뜨린 거다. 비스킷이 보이지 않는 아이들에게는 가만히 있던 오토바이 받침대가 저절로 풀린 뒤 중력을 거스르고 반대 방향으로 쓰러진 걸로 보였을 것이다.

"다 나가."

초자연 현상에 이어 갑자기 나지막한 낯선 목소리가 들리자 아이들의 동공이 흔들렸다. 목소리가 들리는 곳을 찾기 위해 두리번거리는 아이들과 달리 보노보는 비스킷이 서 있는 쪽을 뚫어져라 쳐다봤다. 영어 학원에서 도주를 알아본 것도 이 아이다. 촉이 좋거나 시력이 엄청 발달했나 보다.

보노보가 비스킷의 존재를 인지한 순간, 비스킷의 윤곽이 짙어지면서 완전하게 존재가 드러났다. 허공에서 튀어나온 유령처럼. 아주 불쑥.

오토바이 무리가 비명을 질렀다. 누구랄 것도 없이 혼비백산해 꽁지 빠지게 도망쳤다. 덩칫값이라는 말이 있는데 꼴사납게 아무도 덩칫값을 못 했다. 비스킷이 유령일지도 모른다고 생각한 다섯 살 때도 나는 저 아이들보다 의젓했다.

보노보가 마지막으로 마당을 허둥지둥 빠져나가자 비스킷이 바퀴 자국이 선명한 마당을 보곤 한숨을 쉬었다.

"쟤들 왜 온 거야?"

"말하자면 긴데."

"짧게 설명해."

"내가 어떤 사정이 있어서 아까 나한테 주먹 날린 애의 볼펜을 영어 학원 쓰레기통에 버렸거든. 그래서 쟤들이 나를 찾고 있었는데 나는 나대로 쟤들 오토바이가 거슬렸던 거지. 쟤들이 오토바이를 타고 다니거든. 횡단보도를 건너던 할아버지가 있었는데……."

"잠깐만. 주절주절 말하지 말고 요점만 말할래?"

"아! 알았어. 요점은 내가 쟤네 볼펜을 쓰레기통에 버렸고, 오토바이에도 공주 스티커를 사백 장 붙여 놔서 화가 나 날 찾아온 거야."

"네가 한 일들 죄다 범죄잖아."

"관점에 따라 범죄로 볼 수도 있고, 다른 각도로 보면 정의 구현이라고도 할 수 있지."

"포장하지 마."

"나 때문에 생긴 일이니까 잔디 망쳐 놓은 건 정중하게 사과할게."

"사과할 것 없어. 어차피 잔디랑 정원 다 없앤다니까."

"부모님이 리모델링 공사하신대? 웬만하면 말리지 그래."

"못 말려. 여기 이제 우리 집 아니거든. 예전 집이지."

"예전 집? 그럼 꽃은 왜 심은 거야?"

"시들어 가는 게 아파 보여서. 나라도 기억하려고."

주택 공사를 하면 정원이 사라질 거라는 걸 알면서도 비스킷은 아랑곳하지 않고 시든 꽃을 심었다. 아프겠다는 이유로. 세상에서 소멸하면 잊힐 거라는 이유로. 그런 생각을 하는 비스킷이 어떤 아이인지 좀 더 알고 싶어졌다.

"넌 어디로 이사 갔어? 근처야?"

마음을 들킬까 봐 짐짓 지나가는 투로 물었다. 비스킷이 손에 묻은 흙을 털고 모종삽을 땅에 꽂았다.

"나 너 알아."

"나를?"

"그제 우리 이사 올 때, 차 흘겨보고 지나갔잖아. 그때 나 차 안에 있었어."

자칫 밤의 여왕이냐고 물을 뻔했다. 철천지원수를 만나고 보니 호감형 인간이라니.

"우리랑 같은 동에 살지?"

아래층에 산다고 이실직고하진 않았다. 단지 정말 안타까운 마음에 되물었다.

"근사한 전원주택에 살면서 왜 아파트로 이사 온 거야?"

"엄마가 한강이 보이는 점이 마음에 든대."

역시 어른들의 셈은 단순하다. 취향보다 숫자로 자신의 가치를 대체하려 한다. 셈이 어리숙한 나는 윤곽이 진해졌다 옅어졌다 요상하게 변하는 비스킷으로 인해 내 인생의 2막이 열리고 새로운 세상이 펼쳐질 것 같은 예감을 받았다. 왠지 모르지만 기분이 간질간질하며 몸이 붕 뜨는 느낌이 들었다. 꽤 괜찮은 기분이었다.

놀이터의 시끄러움

월요일 이야기를 시작하기 전에 먼저 밝혀 두고 싶은 것이 있다. 나는 절대 사랑에 빠진 것이 아니다. 우리 집 위층에 사는 비스킷이 층간 소음을 해결할 수 있는 유일한 열쇠라고 생각해서 그 아이를 만나러 간 것뿐이다.

이유는 또 있다. 시니컬하고 단호한 성격의 소유자가 어째서 존재감이 부족해도 한참 부족한 비스킷 2단계가 되었는지 의문을 풀고 싶어서이기도 하다. 이 점을 이해하고 글을 읽어 주기를 부탁한다.

비스킷의 이름은 조제였다. 어제 이름을 몇 번이나 물어본 끝에 비스킷이 뾰족한 돌멩이로 흙바닥에 '조제'라고 썼다. 영화로도 제작된 소설 속 여주인공의 이름이 조제라는 걸 내가 모를 거라고 여긴 모양이나, 나는 보기보다 박식하다. 비스킷의 진짜 이름은 조제가 아닐 테지만 상대가 원하니 조제라고 부르기로 했다.

격정으로 표현되어야 할 고음이 신경질로 뒤바뀐 아리아는 조제와 두 살 터울의 언니가 부르는 거였다. 성악계의 발전을 위해 진로를 바꿔 보라고 언니에게 진지하게 충고해 준다면 조제에게 마술피리라도 구해다가 바칠 의향도 있었다.

그건 그거고, 나는 약 먹는 것도 포기한 채 귀를 세우고 틈나는 대로 조제의 소리를 쫓았다. 안타깝게도 조제가 뭘 하는지 알 수 있을 만한 정보는 들리지 않았다. 다만 위층에도 소란과 결이 다른 조용한 사람이 살고 있다는 사실에 약간의 위안을 받기는 했다.

오전에는 조제가 시든 꽃을 심으러 갔을까 싶어서 천국으로 가 봤다. 조제는 없고 리모델링 공사로 정원이 망가져 있었다. 조제를 마주친 건 오후가 되어서였다. 조제는 아파트 단지 놀이터 앞 벤치에 앉아 음악을 듣고 있었다. 내가 다가가자 조제가 이어폰을 낀 채 고개를 들었다. 어제 일시적으로 짙어졌던 윤곽은 다시 흐려져 반투명한 모습이었다.

어제부터 내가 계속 관심을 표현하는데도 조제의 존재감은 비스킷 1단계로 올라서지 않았다. 그 말인즉슨, 조제는 또래의 관심이 필요한 게 아니라는 의미이다. 조제의 자존감이 사라지고 있는 곳은 학교가 아니다. 다른 장소에서, 조제에게는 무척 중요한 사람에 의해 존재가 지워지고 있는 거다.

옆에 앉아 커피가 든 텀블러를 내밀자 조제가 한숨을 쉬었다.

"잘도 찾았네."

"지나가다가 우연히 본 거야."

다섯 시간 넘게 찾아 헤맸다는 말은 굳이 하지 않았다. 조제는 텀블러를 무시하고 무선 이어폰을 케이스에 넣은 뒤 가만히 앞을 주시했다. 꼬마들이 우아아아악, 하고 지르는 소리에 내 공간이 미끄럼틀처럼 좁아질 것 같았다.

"잠깐 걷지 않을래?"

조제는 내 제안에 심드렁한 표정을 지으며 가타부타 말도 없이 있다가 툭 내뱉듯 대꾸했다.

"지금 동생 보고 있어. 쟤가 내 동생이야. 방금 점심 먹고 다시 나왔어."

위층의 망아지가 다른 꼬마들에 비해 유난히 큰 환호성을 내지르며 미끄럼틀을 타고 있었다. 마음에도 없는 귀엽다는 칭찬은 하지 않았다.

"동생은 어린이집 안 가?"

집이 조용할 때가 언제인지 정보도 얻을 겸 질문하자 이번엔 바로 대답이 돌아왔다.

"감기에 걸려서 당분간 쉰대."

"감기에 걸린 것치곤 씩씩하게 뛰노는데."

"어린이집 가기 싫어서 꾀병 부리는 거야. 자주 저래."

"식구들이 너그럽게 속아 주나 보네."

"제 뜻대로 안 되면 발광하거든. 아무도 못 말려. 식구들은 쟤 고집에 두 손 두 발 다 들었어."

절망적인 소식이다. 개인 주택에 살다가 공동 주택으로 왔을 땐 여러 제약을 받아들이겠다는 암묵적인 약속을 한다. 어린아이가 집 안에서 뛰지 않는 것도 제약 중 하나다. 그런데 고집이 세다는 이유로 공동 주택에서 지켜야 할 약속을 아이에게 가르치지 못한다면 아래층, 아니 그 아파트 동은 영영 나락에 빠질 수밖에 없다.

"그래도 부모님에게 잘 말씀드려서 동생을 제대로 가르쳐야 하지 않을까?"

거의 울고 싶은 기분으로 지푸라기라도 잡아 봤다. 뜻밖에도 조제는 지푸라기의 반대편을 잡아 주었다.

"아빠는 항공사 기장이라 집에 자주 못 오시고, 엄마는 언니 때문에 늘 바빠. 오늘도 언니 상담 다녀왔어. 동생 돌봐 주라고 신신당부하며 외출했으면서 정작 돌아와선 나는 잊었는지 동생만 불러 점심

먹으러 갔었어."

"너만 빼고?"

"잘 안 보이게 된 뒤로 가끔 내가 있다는 걸 잊어버리셔. 뭐, 언젠 나한테 관심이 있었겠냐만."

비스킷 2단계는 집중해서 보아도 열 번 중 다섯 번은 보이지 않는다. 조제의 엄마도 악의가 있어 점심을 챙기지 않은 건 아니라는 뜻이다. 대입을 앞두고 부모님의 절대적인 관심을 받는 언니와 매 순간 양육자가 신경 써야 하는 우악스러운 동생 사이에서 조제는 나날이 소외되어 갔을 것이다. 제대로 봐 주지 않았기에 점점 존재감을 잃었을 거다. 존재감을 잃어 잘 보이지 않으니 더 눈에 띄지 않게 된다. 원인과 결과가 악순환을 이루는 것이다.

"배고프겠네. 밥 먹으러 안 갈래?"

"동생 봐야지."

"네가 여기서 동생을 돌보고 있다는 걸 엄마가 모르는데도?"

"상관없어. 그냥 내 할 일이나 할래."

"가족들이 널 계속 보지 못하면 어떻게 되는지 알고 있어?"

"별로 궁금하지 않아."

하아! 또 냉소적이다. 학교에서도 이런 성격이라면 고립되기 딱 좋다. 집에서라면? 집에선 부모님의 신경을 자극할 테니 허구한 날

말싸움을 벌이겠지. 언니나 동생과도 영역 싸움을 벌일 테니 서로 못 잡아먹어서 안달일 것이다. 평소대로만 말하고 행동하면 존재감이 팍팍 드러날 텐데 왜 가족들에게 소외된 건지 미스터리였다.

"아무도 널 알아보지 못하면 얼마나 외로울지, 슬플지, 괴로울지, 비참할지, 속상할지 생각해 본 적 없잖아. 찬찬히 생각해 보면 단정 지어서 말 못 할걸."

"날 알아봐 달라고 발버둥 치고 싶지 않아."

조제가 비스킷이 된 이유를 어렴풋하게나마 알 것 같았다. 조제는 부모님에게 배신감을 느끼고 있었다. 언니와 동생은 노력하지 않는데도 존재 자체로 관심받고 있는데 어째서 자신만 관심받기 위해 노력해야 하는지 억울할 것이다. 부모님이 조제에게 중요한 만큼 조제도 유일무이한 존재가 되고 싶은데, 그렇지 않다는 사실에 좌절했을 것이다. 그렇게 조제는 스스로 고립을 사처하며 가족과 간격을 더 벌려 나갔을 거다. 부모님의 관심을 구걸하고 싶지는 않으니까. 비스킷에서 벗어나지 못해도 어쩔 수 없다고 생각하는 거다.

"근데 넌 어떻게 나를 알아보는 거야?"

"답해 주면 너도 내 질문에 대답해 줄래?"

"싫어."

"그럼 나도 대답 안 할래."

"……궁금한 게 뭔데?"

"넌 왜 안 웃어?"

"꼭 웃어야 해?"

"질문한 건 나잖아."

조제가 어깨가 들썩일 만큼 한숨을 깊게 쉬었다.

"웃는 방법을 잊어버렸어."

"웃는 게 방법을 알아야 하는 일이야?"

"그만. 이제 내 차례야. 아까 질문한 거 대답해 봐."

"제대로 답을 들은 것 같지 않지만 관대한 내가 봐줄게. 사실 나는 비스킷의 소리를 들어."

의아해하는 조제에게 내 병과 비스킷에 관해 들려주었다. 중간에 요점만 말해 달라는 조제의 요청은 못 들은 체했다.

"원래 말이 많아? 수다쟁이가 따로 없네."

내 이야기를 다 들은 조제가 내놓은 감상평이다. 역시 평범하지 않다. 보통은 정신 치료 센터에 다닌다는 사실이 정신병자라는 낙인은 아니라고 위로하려 들거나 비스킷이 지금도 보이는지 묻거나 내 청력을 시험해 보려고 한다. 조제처럼 엉뚱한 포인트를 짚어 낸 사람은 없었다. 아무래도 대화를 나누는 게 서툰 듯했다.

언제부터 웃는 방법을 잊은 거냐고 묻자 알 것 없다는 대답이 돌아왔고 끈질기게 문자 집으로 돌아가라고 했다. 애석하게도 꽤 애썼는데 다른 정보는 더 얻지 못한 채 조제와 헤어져야만 했다. 뭐, 연락처는 받았으니 만족했다.

조용한 집에서 잠깐 낮잠을 잤다. 오랜만에 맛보는 평온함이다. 망아지가 위층에서 쿵쾅대기 전까지 자려고 했는데 창성이 형이 보낸 카톡에 진동이 울려 눈이 떠졌다. 집 앞에 와 있으니 잠깐 내려오란다.

-저 지금 학원이에요.

거짓 정보를 흘려 주고 잠을 다시 청했다. 진동이 다시 바르르 울렸다. 잠 좀 자게 내버려 두란 말이야! 양 주먹으로 가볍게 침대를 내려치고 카톡을 읽었다.

-우리 동생, 학원 안 간 것 알아. 나와, 빨리.

효진이네 집안엔 어떤 피가 흐르기에 촉이 이나지도 좋은 걸까. 더 우겨 봐야 학원 앞까지 막무가내로 찾아올 인간이니 잠을 포기하고 털레털레 집 앞으로 나갔다.

자전거 보관소 앞에서 창성이 형이 기다리고 있었다. 내가 들고 있던 텀블러를 보자마자 손에서 채갔다.

"나 주려고 가지고 온 거야? 감동인데."

아뿔싸. 요즘 텀블러를 버릇처럼 들고 다녔더니 무의식적으로 가지고 나왔다. 아니라고 말할 타이밍을 놓쳐서 그냥 됐다. 조제가 거들떠보지도 않은 커피를 창성이 형이 대신 마셨다.

"어쩐 일이에요?"

"서서 얘기하지 말고 잠깐 앉자."

놀이터로 향하는 창성이 형을 말리려다가 벤치에 조제가 없는 걸 확인했다. 어디 간 거지? 조제를 눈으로 찾다가 뛰놀고 있는 망아지와 시선이 마주쳤다.

"어딜 보는 거야?"

"네?"

"설마 비스킷? 여기 있어? 어디 있어? 저쪽이야? 저기요. 나 보여요? 저는 제성이랑 제일 친한 형이에요. 한창성. 저 보이죠?"

창성이 형이 허공에 대고 손을 휘젓더니 핸드폰을 꺼내 동영상 모드를 실행했다.

"형! 뭐 하는 거예요?"

"효진이한테 다 들었어. 비스킷이라는 게 유령은 아니지만, 유령같이 잘 안 보이는 사람이라며? 네가 비스킷을 본다면서? 그런 기깔난 아이템을 왜 진즉 말 안 했어? 우리 대박 터뜨릴 수 있단 말이야."

"도대체 무슨 말을 하는 거예요? 알아듣게 설명해요."

창성이 형이 내 양손을 덥석 붙잡았다.

"우리 같이 유튜브 해 보자. 내가 채널명도 생각해 왔어. '성성 형제의 유령의 성.' 어때, 라임 죽이지? 일단 채널이 살려면 그 비스킷이라는 걸 다른 이름으로 부르는 게 낫겠어. 서스펜스 느낌이 잘 살도록 아주 기괴한 걸로."

김효진 연락처가 어디 있더라? 만나면 저승으로 갈 준비나 하라고 문자를 보내려다가 어차피 저세상 텐션으로 살아가는 애니까 치명타가 없겠다 싶어 관뒀다. 창성이 형은 비스킷을 유령과 악마와 외계인을 혼합한 괴생명체로 버무려 놓곤 계속 서스펜스를 부르짖고 있었다.

"형! 진정하고 차분히 얘기해요."

"나 지극히 침착해. 무슨 존재든, 상황이든 다 받아들일 준비가 되어 있어."

어련하시겠어요. 비꼬지 말자고 다짐하며 입을 열었다.

"효진이한테 어떤 말을 들었는지 모르겠지만 다 잊고 제 말 들으세요. 일단 비스킷은 유령이 아니에요. 사람이에요. 그리고 이게 가장 중요한 포인트인데요. 저 유튜브 할 생각 없어요."

"우리 동생이 아직 순수해서 비즈니스의 세계를 잘 이해하지 못했나 봐. 동생 얼굴 정도면 비스킷이 사람이어도 충분히 어그로 끌 수 있어. 그러니까 자신감을 가져."

놀이터 벤치에 대화를 방해하는 저주파가 흐르나. 대체 왜 다들 대화의 요점을 벗어나는 건데? 다시 설명하기도 진짜 지쳤다.

"형은 먹방으로 충분히 어그로 끌어서 대성할 운명이니까 저는 방해하지 않고 빠질게요. 얘기 다 끝난 것 같으니 이만."

서둘러 놀이터를 벗어나려고 하자 창성이 형이 내 손목을 아주 꽉 잡았다.

"왜 이러시나, 야박하게. 상의하자고 온 거잖아. 형 버리지 마."

창성이 형이 큰소리로 매달리는 통에 놀이터에서 놀던 꼬마들이 우리 쪽을 쳐다봤다. 나는 알겠다고, 목소리 좀 낮추라고 창성이 형에게 부탁했다.

"나보다 꼬맹이들이 더 시끄러운데 뭐 어때?"

그 말에 빗장이 풀리듯 꼬마들이 크게 웃는 소리가 한꺼번에 인지되었다. 큰일이다. 때마침 망아지가 뛰다가 제 발에 걸려 넘어지며 빼액, 하고 울어 젖혔다. 나도 모르게 주변을 둘러보며 조제를 찾았다.

"뭐야, 뭔데? 비스킷 나타났어?"

"아니, 그게 아니라 우는 애 때문에……."

"쟤? 쟤 때문에 비스킷이 못 나타나는 거야? 잠깐만! 어이! 꼬맹이, 이리 와 봐. 어서!"

갑자기 창성이 형이 망아지를 불렀다. 서럽게 울던 망아지가 멈칫대며 창성이 형에게로 다가왔다.

"꼬맹이, 넘어졌다고 울고 그러면 안 돼. 약해 빠진 마음으론 험난한 이 세상을 헤쳐 나갈 수가 없어. 울고 싶으면 이를 악물어. 자, 이렇게. 따라 해 봐."

넘어져 우는 아이를 혼내다니. 나는 창성이 형의 시범을 따라 하려는 망아지에게 다친 데 없으면 저리 가서 놀라고 말하곤 창성이 형에겐 그만 돌아가라고 했다. 안 가겠다고 버티는 창성이 형을 겨우 보내고 난 뒤 출입구 비밀번호를 누르고 로비로 들어왔다. 형을 잠깐 만났는데도 진이 다 빠졌다.

엘리베이터를 기다리는데 이번엔 망아지가 우당탕거리며 로비로 뛰어 들어왔다. 마저 자기는 글렀구나. 엘리베이터를 함께 탄 망아지가 핸드레일에 매달리며 나를 흘깃 보기에 무심코 속마음이 흘러나왔다.

"너 16층 살지? 난 15층 살아. 너, 집에서 엄청나게 뛰어다니더라. 네가 뛰면 내 머리가 울려. 조용히 걷는 연습을 해 보면 어떨까?"

망아지가 작은 손가락을 까닥였다. 사과라도 하려는 걸까? 손짓대로 앞에 쪼그리고 앉자 망아지가 씹고 있던 껌을 뱉더니 내 머리에 척 붙였다.

"약해 빠진 마음으로 험난한 이 세상을 어떻게 헤쳐 나가려고 그 래요?"

겨우 네 살짜리가 되받아친 말 속에 인생의 진리가 숨어 있었다.

미용실 누나가 풍선껌을 불며 나를 반겼다.

"오랜만!"

"머리 좀 잘라 주세요."

"어머! 머리에 껌 붙었네. 어디서 이런 거야?"

목에 실크 커트보를 둘러 주면서 미용실 누나가 물었다.

"엘리베이터에서요."

"아이고! 머리 기댔다가 붙은 거야? 나도 그런 적 있는데. 엘베는 아니고, 영화관에서. 누가 영화관 의자에 껌을 붙여 놨더라고. 정말 몰상식하지 않니? 그때 데이트 중이었는데, 껌 떼려다가 괜히 짜증 나서 싸우고 헤어졌어. 넌 바로 미용실로 와서 다행이다."

머리를 자르는 동안 눈을 감고 천국에서 여유로움을 만끽하는 상상을 했다. 하지만 망아지가 나타나 설치기 시작하자 꽃들이 점점 작아지고 뿌리가 줄어들어 새싹이 돋기 전 상태로 변하더니 종국에는 꽃씨들이 곯은 채 내 손바닥 위에 놓여 있었다. 꼬맹이한테 속았다는 사실이 분했다.

"제성아! 이제 다 됐다."

질끈 감았던 눈을 뜨고 거울 속에서 인상을 쓰고 있는 짧은 머리 소년을 마주 보았다.

"왜? 마음에 안 들어? 얘! 이거 요즘 유행하는 컷이야."

미용실 누나가 난처해하며 머리를 조금 더 다듬어 주었다.

"머리 때문에 그런 거 아니에요. 머리는 예뻐요. 감사합니다."

"그럼 뭐 때문에 그러는데?"

미용실 누나가 풍선껌을 다시 불면서 어깨에 떨어진 머리카락을 털어 주었다.

"그냥……. 내 손바닥 때문에 그래요."

"손바닥?"

"내 손바닥에 꽃씨가 있는데 죽어 가고 있어요."

아! 하면서 미용실 누나가 실크 커트보를 끌러 주곤 샴푸실로 오라고 했다. 샴푸 의자에 기대자 물 온도를 맞춰 본 미용실 누나가 빨래를 하듯이 내 머리를 벅벅 문지르면서 감겨 주었다.

"누나!"

"왜?"

"눈에 거품 들어갔어요."

"어머나!" 하고선 미용실 누나가 수건으로 눈에 묻은 거품을 닦아 주곤 다시 빨래하듯이 머리를 벅벅 마사지해 주었다.

"누나!"

"또 거품 들어갔어?"

"그게 아니고, 오늘따라 왜 이렇게 힘을 줘서 머리를 감겨요?"

"내가 너한테 잘해 줄 수 있는 게 이것밖에 없잖아."

미용실 누나가 아주 열심히 머리를 헹궈 주는 바람에 하마터면 눈물이 날 뻔했다. 드라이기로 머리를 말려 주고 짧은 머리에 왁스까지 발라 준 미용실 누나가 계산대 서랍을 뒤지더니 선크림을 내밀었다.

"이번 달 잡지 부록으로 받은 거야. 너, 너무 하얘. 선크림 바르고 여기저기 다니면서 좀 태워. 공부는 때가 있는 법이라지만 네 나이엔 놀 때도 있어야지."

아무래도 내가 학업 스트레스를 받는다고 오해했나 보다. 괜찮다고 하는데도 자꾸만 내 손에 들려 주는 선크림을 가만히 보고 있자니 지금 내가 쥐고 있는 게 곯은 씨앗만은 아니라는 사실이 새삼 마음에 들어왔다.

"감사합니다."

"머리 자르니까 딱 아이돌처럼 보인다, 얘. 자주 자르러 와."

미용실 누나가 풍선껌을 불면서 해맑게 웃었다.

미용실을 나와 마음도 가라앉힐 겸 우중충한 거리를 걸어서 집으로 돌아갔다. 머리가 짧아진 탓인지 후드를 써도 허전한 기분이었다. 이보다 최악일 순 없다고 생각했는데 집에 도착하니 더 참담한 일이 기다리고 있었다.

엘리베이터에서 내리자마자 먼저 본 건 엄마의 난처한 얼굴이었다. 여행에서 돌아오셨구나, 깨달은 것과 동시에 엄마 앞에 서 있던 여자가 뒤를 돌아봤다. 우리 집 초인종 누르기를 즐기는 위층 아주머니였다. 그 뒤에 아주머니가 과장을 섞어 쏘아붙인 말들은 다시 떠올리고 싶지 않으니 생략하기로 한다.

뭐, 그래도 궁금하다면 내용은 대강 예상한 그대로다. 애당초 아주머니가 우리 집에 온 이유가 이전 날에 천장을 부술 듯 쳐 댄 걸 따지려던 건데 내가 그 집 막내를 울렸다는 꼬투리까지 잡았으니 도돌이표로 가정 교육 문제가 계속 언급되었다. 아무래도 위층 아주머니는 오로지 나를 괴롭히기 위해 사는 듯했다.

아주머니가 돌아간 뒤에 기진해진 엄마를 따라서 현관으로 들어갔다. 여행 가방이 아직 거실에 방치되어 있었다. 아마도 집에 도착하자마자 위층 아주머니의 습격을 받은 모양이었다. 아버지는 팔짱을 낀 채 다리를 쫙 벌리고 소파에 앉아 있었다. 한일자로 굳게 다문 입술로 보아 아버지의 기분이 짐작이 갔다.

"네 녀석은 몇 달이 아니라 몇 주도 못 참고, 거기로 되돌아가고 싶어 발악을 하는구나."

아주머니가 말한 것 중에 몇 가지는 변명을 해도 될 것 같았다. 왜냐하면 나도 억울한 부분이 분명히 있으니까. 그래서 조심스럽게 입을 열었다.

"위층 꼬마는 제가 안 울렸어요. 걔가 혼자 자빠진 거라고요. 오히려 걔가 제 머리에……."

"시끄러워. 뭘 잘했다고 말대답이야?"

이후에 이어진 대화는 살벌한 말싸움이었으므로 역시나 생략하기로 한다. 아버지 자신은 왕년에 효자였다는 과거사를 들먹이며 '네 녀석은 예전부터 누굴 닮아 이러는지 모르겠다.'로 이어진 대화를 일일이 적는다면 화병으로 죽을지도 모른다. 딱히 오래 살고 싶은 건 아니지만, 요절하기도 싫다.

결론만 들려주자면 엄마가 우는 바람에 반박에 재반박으로 점철된 말다툼이 어정쩡하게 끝났다. 하지만 나빠질 대로 나빠진 분위기를 탄 아버지가 더 나쁜 결말로 쐐기를 박아야만 두 다리 쭉 뻗고 자겠다고 느꼈는지 나에게 유배 명령을 내렸다.

내 눈앞에서 당장 사라져!

사약을 흩뿌린 것 같은 말 한 마디로 나는 귀양을 가야만 했다.

마음의 시끄러움

방 밖에서 이모가 아침을 먹으라고 부르고 있다.

어젯밤에 아버지한테 쫓겨난 나를 이모가 데리러 왔다. 중고로 구매한 아반떼가 덜덜거리며 주차장에 서는 걸 보면서 출발도 전에 차가 퍼질 것 같아 불안했다. 어느새 눈물을 닦은 엄마는 아주 힘차게 내 등을 두드리며 기죽지 말고 며칠 잘 지내다가 오라고 했다. 엄마들은 자식이 기죽는 게 진짜 싫은가 보다. 엄마가 겨우 말린 통에 병원으로 돌아가지 않은 걸 알기에 그러겠다고 순순히 대답했다.

쿵짝 쿵짝 쿵짜자쿵짝. 스피커에선 트로트 반주가 흘러나왔다. 이모는 차 안에서 볼륨을 높여 음악을 듣는다. 외로워서라나 뭐라나.

"머리 잘랐네. 잘 어울린다."

외로운 이모가 부모님도 하지 않은 칭찬을 해 줬다. 비밀이지만 그 말에 코끝이 시큰해졌다.

"어제 비워 낸 몫까지 많이 먹어."

주방으로 가 보니 식탁에는 지난 저녁 못잖게 음식이 푸짐했다. 아무리 맛있는 걸 좋아한다지만 아침부터 너무 과식하는 것 아닌가. 그러고 보니 이모도 예전보다 살이 더 올랐다. 처음으로 이모의 건강이 조금 걱정되었다.

나는 생일상 같은 아침밥을 꾸역꾸역 먹다가 헛구역질을 했다. 이모 집에 도착하자마자 먹은 저녁밥을 바로 게워 낸 전적이 있으므로 이모는 식사를 더 권하지 않았다.

"음식 상한 거 아니에요?"

이모가 집게손가락을 펴고 좌우로 흔들었다. 노노. 내가 속이 안 좋은 원인은 심리적인 이유라면서 왕년에 있었던 일을 들려주었다.

"왕년에 이모가 가족들을 따돌렸다는 얘기, 한 적 있나?"

"외할아버지랑 외할머니를요?"

"더불어 언니까지. 중학생 때였을 거야. 식구들이랑 둘러앉아 밥을 먹는데 후르릅, 쩝쩝대는 소리가 너무 듣기 싫은 거야. 그때 생각했지. 난 우리 가족을 좋아하지 않는구나. 그래서 집을 나가야겠다고 결심하곤 몰래 가출 준비를 했어."

"이모가 가출하려고 했다고요?"

"안 믿기지? 근데 이모도 한때 너만큼 기세등등했거든. 떠날 장소를 물색하던 중에 별안간 아빠랑 엄마가 교통사고를 당했어. 즉사였다더라. 언젠가는 영영 헤어질 줄 알고 있었는데, 그 순간이 코앞에 다가와 있을 줄은 몰랐지. 한참 나중에야 깨달았어. 남들에게 하듯이 가족에게도 조금만 더 너그러웠다면 좋았을걸."

이모와 다르게 나는 가족과 보내는 시간 중에서 밥 먹는 시간이 제일 좋았다. 아무도 말을 하지 않았으니까. 뭐, 사실 나도 안다. 이모나 나나 피장파장이라는 거. 그러니 나도 이모처럼 언젠가 급하지 않은 경사로를 넘어가듯 원만하게 부모님을 대하지 않은 걸 후회할 날이 올지도 모른다.

"엄마랑 아버지를 싫어하는 건 아니에요. 이따금 못 견딜 때가 있을 뿐이지."

"언니한테 그렇게 말해 줘. 언니는 네 나이 때 부모님이 안 계셨잖아. 그래서 너한테 더 잘해 주고 싶어 해. 좋은 부모가 되지 못하는 것에 대한 고민이 많아."

엄마가 그런 고민을 하는 줄은 몰랐다. 내가 좋은 아들이 아니니 엄마도 굳이 좋은 부모는 안 되어도 되는데. 엄마가 좋은 부모가 되어 버리면 나도 좋은 아들이 되어야 할 테니 부담스러운데. 그냥 나는 엄마가 엄마여서 좋은데.

"이거 안 먹을 거지?"

이모가 내 몫까지 아침밥을 먹었다. 먹방은 창성이 형이 아니라 이모가 찍어야겠네. 없던 입맛도 되돌아오게 할 만큼 맛있게 먹으니까. 행복하게 먹을 수 있는 노하우를 창성이 형에게 전수해 달라고 다음에 말해 봐야겠다.

이모가 인권 센터로 일하러 간 뒤 나는 거실에 누워 멍하니 천장을 바라봤다. 병원에서 나오면 다른 애들처럼 평범한 열일곱 살의 일상을 보내려고 했는데. 어째 돌아가는 일들이 내 마음 같지 않다.

아버지와 입장을 바꿔서 생각해 보면 나라도 나처럼 불량품 같은 아들을 키우는 게 못마땅할 거다. 뭐, 나는 마음이 넓으니까 아버지만큼 화를 내지는 않을 테지만. 그래도 아버지 친구들의 건강한 자식들에 비하면 내가 좀 하찮긴 하지. 자랑할 만한 자식도 아니고. 귓병이나 앓고 있고. 그것도 세 개씩이나. 하아! 나란 존재가 정말 마음에 안 든다.

이모는 아버지와 화해하라고 해 준 말일 텐데, 곱씹을수록 자꾸 스스로를 비하하게 된다. 햇빛은 왜 또 저렇게 찬란한 건지. 자연 현상 주제에 인간을 놀리나. 오늘처럼 염세주의가 도지는 날은 비나 주룩주룩 올 것이지. 하늘도 참 안 도와준다.

햇빛을 피해 몸을 벌레처럼 웅크렸다. 중력을 온몸으로 받은 듯 몸이 끌려 내려가는 기분이었다. 핸드폰 무음을 해제하려고 보니 효진이와 덕환이, 창성이 형에게 차례로 메시지가 와 있었다. 효진이는 도시락 좀 사다 달란다. 당연한 듯 또 심부름을 시킨다. 안 사가. 속으로 대답하곤 덕환이의 카톡을 봤다. 영어 학원은 버렸냐는 내용이다. 내가 영어 학원에 안 가도 세상은 잘만 돌아간다. 그러니 패스. 창성이 형은 여전히 유튜브 타령이다. 대답할 기력도 없다. 남은 에너지는 나를 증오하는 데 써야 하니 아껴 둬야만 한다.

더는 햇빛을 피할 데가 없다. 거실 가득히 햇살이 들어왔다. 그 와중에 점심시간이라고 배가 고프다. 내 배도 참 유난이다. 엄마가 준 카드로 죽이라도 사 먹어야 하나 고민하고 있을 때, 문이 쾅 닫히는 소리가 들렸다. 빌라도 층간 소음이 만만치 않고만. 위층 복도를 걷는 발소리가 사라지자 다시 정적이 찾아왔다. 다들 일하러 갔거나 낮잠이라도 자는지 조용했다. 내 배 속만 빼고. 위장이 밥을 달라고 아우성이다. 배에서 꼬르륵거리는 소리가 연달아 났으나 핸드폰으로 배달 앱을 켜는 것조차 귀찮았다.

"배, 고, 파."

응? 뭐지? 내 마음을 대변한 소리이긴 한데. 내가 입 밖으로 낸 말은 아니었다. 마음속으로 생각한 말을 들었다고 착각한 건가.

114

"배, 고, 파."

다시 배고프다는 말이 또렷하게 들렸다. 설마 비스킷인가? 귀에 신경을 집중해 소리가 어디서 들리는지 가늠해 봤다. 집 밖일까? 아니면 빌라 안? 이모네 집은 이 층이니 건너편 건물 소리가 들린 걸 수 있다. 다시 말소리가 들리면 비스킷인지 아닌지 파악이 가능할 거다.

말소리는 다시 들리지 않았다. 한동안 귀에 신경을 집중한 탓에 어지러웠다. 더는 미루지 않고 배달 음식을 주문해서 먹었다.

소리가 다시 들린 것은 이모에게서 야근이라 늦을 테니 먼저 밥을 먹으라는 연락을 받은 뒤였다. 먹을 걸 좋아하는 이모라 데우기만 하면 즉각 먹을 수 있는 음식이 냉장고에 가득했지만 냄비를 꺼내는 게 번거로웠다. 먹고 나면 설거지도 해 둬야 한다. 엄마 카드를 조만간 돌려줘야 할 테니 일단 쓰고 보는 게 이득이기도 하다.

다시 배달 음식을 시킨 뒤에 이모 노트북으로 '우리의 에코-'에 접속했다. 도주가 '일회용품 사용 줄이기' 프로젝트를 만들었다고 한다. 빠르기도 하다. 어쩌면 또래들과 생각을 공유하길 내내 바라고 있었을지도.

환경 보호 사이트에 접속하자 양심이 되살아나 배달 음식으로 일회용품을 쌓아 둔 죄책감이 느껴졌다. 조금 전 주문한 식당이 가까

우면 용기를 들고 받으러 갈까 고민하는데 아까와는 다른 소리가 들렸다. 이번에는 울음소리다. 과민한 청각을 최대한 이용해 보려고 작은방으로 들어갔다. 눈을 살며시 감고 소리로 인한 진동을 느꼈다. 진동의 폭이 점점 넓어지고 강해졌다. 소리가 들리는 곳은 윗집이다. 어렴풋이 울음소리가 이어지고 있었다. 어린아이의 숨죽인 흐느낌이었다.

숨죽인 울음소리는 많은 이야기를 내포하고 있다. 다른 사람의 소리는 들리지 않는 것으로 보아 어린아이가 윗집에 혼자 있다는 것. 혼자 있음에도 울음을 내뱉지 못하고 삼키고 있다는 것. 울음을 삼키는 이유에는 배고픔도 포함되어 있다는 것.

이모가 돌아올 때까지 나는 작은방에 있었다. 울음소리는 차츰 잦아들더니 이윽고 소리를 소거하듯 그쳤다. 그래도 어린아이는 방에서 꼼짝하지 않았다. 생활 소음도 들려오지 않았다. 왜 배가 고프다고 한 건지 자꾸만 마음에 걸려서 내 문제는 잊어버리고 말았다.

"이모! 윗집에 누가 사는지 알아요?"

"그건 왜? 윗집이랑 무슨 일 있었어?"

우리 집에서 위층이랑 한바탕하고 쫓겨난 주제에 이모 집으로 오자마자 윗집이랑 엮여 또 사고를 친 건지 의심이 짙게 깔린 질문이었다. 신뢰를 잃은 인간이란 이다지도 보잘것없다.

"아무 일도 없었어요. 윗집에 어린애가 사나 궁금해져서요."

"최근에 이사 와서 확실하지 않지만 아마도 어린애는 없을걸. 젊은 부부가 산다는 말은 들었어. 얼마 전에 부인이 집을 나갔다는 소문이 있긴 하더라."

"가출했다는 말이에요?"

"글쎄. 소문이 사실인지는 확인해 본 적이 없어. 근데 그건 왜?"

"그냥요."

이모가 내 얼굴을 유심히 보더니 커피포트 전원 버튼을 눌렀다.

"커피 마실래?"

"아니요. 오늘은 좀 자야죠."

"우리 조카, 잘 생각했네. 오늘은 푹 자. 그리고 뭔가 마음에 걸리는 게 있으면 언제든지 얘기하고."

일찌감치 누웠지만 여직 잠자리에 적응하지 못한 탓에 잠이 오지 않았다. 며칠째 제대로 못 잤더라? 오늘까지도 불면에 시달린다면 제정신을 유지하지 못할 게 뻔하다. 그런 걱정을 하며 세 시간 넘게 뒤척대다가 겨우 잠이 들었는데, 쿵! 문을 부서져라 여는 소리에 잠이 깼다. 비몽사몽간에 핸드폰으로 시간을 보니 새벽 두 시다. 악몽을 꾸며 비명이라도 질렀는지 목이 말랐다.

눈을 반쯤 감고 주방에서 물을 마시고 돌아와 이불에 누웠다. 악몽을 꾼 뒤에는 다시 잠들기 어렵다. 또 악몽에 시달릴 수도 있으니까. 이불을 둘둘 감아 안고 천장을 바라봤는데, 성인 남자의 목소리가 들렸다.

"야! 야! 죽었냐? 야!"

잠결에 들은 환청이 아니다. 상상으로 지어낸 말도 아니다. 맹세코 나는 그 밤 죽었냐고 묻는 말을 들었다. 이 글을 쓰는 지금도 몇 번이나 스스로 되물었지만, 답은 하나이다. 나는 정말 남자의 목소리를 정확하게 들었다. 그 말 뒤로 남자의 목소리든, 아이가 우는 소리든 더는 다른 소리가 들려오지 않아 밤새 불안했다.

거실에서 이모가 깨어나길 초조하게 기다렸다. 이모는 기지개를 켜면서 안방에서 나오다가 심각한 표정을 짓고 있는 나를 발견하곤 우뚝 멈춰 섰다.

"이모! 부탁이 있어요."

"아침 댓바람부터 왜 그렇게 진지해?"

"이모는 인권 센터에서 일하니까 사적인 사항도 조사할 수 있죠?"

"사적 영역에 따라 달라지겠지."

"윗집에 진짜 어린애가 없는지 확인해 주세요."

어제 들은 울음소리와 한밤에 들었던 무시무시한 말을 이모에게 최대한 상세하게 들려주었다. 이모는 턱에 손을 갖다 대곤 고개를 주억거렸다.

"듣고 보니 확실히 수상하긴 하네. 근데 윗집에 어린 친척이 온 걸 수도 있잖아. 윗집 사람이 어떤 상황에서 내뱉은 말인지도 모르고. 섣불리 판단해선 안 된다는 거 너도 알지? 이모가 노파심에서 하는 말이야."

당연히 안다. 그래서 내가 나서기 전에 이모에게 먼저 조사를 부탁한 것이다. 출근하는 대로 알아보겠다는 약속을 이모에게 받았는데도 마음이 놓이지 않아 작은방에서 소리가 더 들리는지 귀를 기울였다. 의자에 올라가 한참 동안 천장을 보고 서 있기도 했다. 아무런 소리도 들리지 않았다. 소리가 들리지 않아 조급하고 불안하기는 이번이 처음이었다.

이모에게 연락이 오길 기다리며 안절부절못하고 있는데 카톡이 울렸다. 의자에서 날듯이 뛰어 내려와 핸드폰을 봤다. 메시지를 보낸 건 이모가 아니었다. 조제였다.

세상엔 이런 일도 있다. 내가 관심을 가진 아이가 내게 먼저 연락하는 기적 같은 일. 반가움을 넘어 환희가 느껴졌다. 그래도 티를 낼 순 없지. 나는 속마음과 다르게 되도록 담담한 어투로 메시지를 보냈다.

-톡 왜 했어?

-너 집에서 쫓겨났다면서?

이건 또 어떻게 안 거지? 귀양살이를 아는 사람은 많지 않다. 설마 또 효진이가 말했나? 근데 효진이는 조제를 모르는데.

-쫓겨난 거 아니야. 누가 그래?

-너희 엄마. 우리 집으로 찾아오셨거든. 천장을 뚫을 기세로 위층이 뛰어다
니는 것도 모르고 너희 아버지가 너 쫓아냈다고, 속 시원하냐고 하시더라.

비로소 엄마도 조제네가 장난 아니게 시끄럽다는 걸 깨달은 모양이었다. 아들이 괜히 난리법석을 떤 게 아니라는 사실도. 그래도 쫓겨났다고 동네방네 소문낼 것까진 없는데. 뭐, 내 편을 들어 줬으니 내가 용서해야지.

-언제 돌아와?

-글쎄. 아버지가 유배를 풀어 주면 가겠지. 왜?

-돌아오면 비스킷에 대해 좀 더 알려 줘.

조제가 놀이터에서와 달리 먼저 비스킷을 궁금해했다. 궁금증이 든다는 것은 조금은 여유가 생겼다는 증거이기도 하다. 여유는 대화를 위해 꼭 필요한 요소다. 조제에게 내일 놀이터에서 만나자고 답장을 보냈다.

드디어 이모에게서 연락이 왔다. 이모는 아동 관리 기관을 통해 가구 등본을 확인했다면서 301호에 출생 신고가 된 아이는 없다고 했다. 즉, 공식적으론 윗집에 어린아이가 있을 수 없다는 말이다. 그러면 이모가 추측한 대로 윗집에는 친척 아이가 와 있는 걸 수도 있다. 내가 예민하게 구는 거라고 마음을 정리했는데도 찜찜했다. 무언가 놓치고 있는 것 같은 기분이 자꾸 들었다.

내가 조사해 달라고 한 일 때문인지 이모는 어제보다 이른 시간에 집으로 돌아왔다. 현관에서 구두를 벗으면서 무슨 소리가 더 들렸는지를 물었다. 내가 착각했다거나 대수롭지 않은 가정사에 유난 떤다고 생각하지 않아서 고마웠다.

"오늘은 별다른 소리는 안 들렸어요. 바쁘신데 괜히 조사 부탁드려서 죄송해요."

이모가 인조 가죽 표면을 문지르며 소파에 앉았다. 소파에서 푸쉬쉭, 하며 바람 빠지는 소리가 났다. 이모가 깔고 앉은 엉덩이 부분이 푹 꺼져 있다.

"아동 학대는 대부분 가정에서 일어나잖아. 그러다 보니까 주변에서 인지하지 못하는 경우가 많아. 아이가 우는 소리, 뭔가 부서지는 소리, 때리는 소리, 야단치는 소리가 함께 들려도 대수롭지 않게 넘겨 버리거든. 그런 소리가 여러 번 반복되면 112에 신고해서 상황이 어떤지 알아볼 필요가 있어."

"신고요? 근데 단순 훈육일 수도 있잖아요."

"물론 그렇지. 대부분 훈육일 가능성이 높아. 그래도 가정에서 위기에 처한 아이를 구하는 길은 작은 관심뿐이야. 그러니까 죄송할 필요 없어. 우리 조카는 남들은 아직 못 하는 일을 마땅히 한 거니까."

이모가 내게 미소를 지어 보였다.

저녁을 먹은 뒤에는 막장이라고 욕먹으면서도 시청률이 잘 나오는 드라마를 이모와 같이 보았다. 재미가 없었다. 그런데도 시청률이 높은 걸 보면 내 취향이 통속적이지 않은가 보다. 드라마를 본 뒤에는 작은방으로 돌아왔다.

"아직도 안 죽었냐?"

마침 공교롭게도 드라마 대사 같은 막말이 천장 위에서 들려왔다. 다급하게 이모를 불렀다. 급히 방으로 들어온 이모를 보면서 손가락으로 천장을 가리켰다.

"남자 목소리가 들려요."

이모가 목소리를 들으려는 듯 귀를 세웠다. 남자가 우는 아이에게 어서 죽으라며 윽박질렀다.

"남자가 하는 말 들리시죠? 애가 우는데 저런 말을 아무렇지도

122

않게 하면 진짜 학대 아니에요?"

동의를 구하는 내 말에 이모가 난처한 표정을 지었다.

"난 아무 소리도 안 들려. 지금 남자가 무슨 말을 하고 있어?"

남자의 목소리는 나지막하고, 아이는 훌쩍거릴 뿐 크게 울지는 않았다. 그러니 청각 과민증을 앓고 있는 내게만 소리가 들리는 건 당연한 일이었다. 어떻게 해야 하지? 낭패한 기색이 드러났는지 이모가 팔짱을 풀고 내 어깨를 짚었다.

"남자가 험한 말을 하는 거지?"

"아직도 안 죽었냐고, 재수 없게 왜 자꾸 보였다가 안 보였다가 하는 거냐고 따지고 있어요. 아이는 울고 있고요."

"그래. 그럼 이제 망설이는 건 끝내고 신고하자."

"신고요?"

"아이를 구해야지."

이후의 일들은 빠르게 진행됐다. 이모가 112에 신고하자 경찰이 출동했다. 빌라 밖에서 기다리던 이모와 나는 출동한 경찰들에게 신고자임을 밝힌 뒤 함께 윗집으로 올라갔다.

경찰이 301호의 초인종을 누르자 목이 늘어난 티셔츠를 입은 남자가 문을 열어 주었다. 남자를 본 순간 어딘가에서 본 듯한 기시감이 강하게 들었다. 경찰이 아동 학대 신고를 받고 나왔다고 말하자 남자의 눈동자가 불안하게 흔들렸다. 그러고는 뒤에 선 우리를 째려보았다.

남자는 집에 아이가 없다고 했다. 아내가 가출한 뒤 혼자 살고 있다고. 목소리는 떨렸고 어딘가 초조해 보였다. 경찰이 잠시 살펴보겠다면서 안으로 들어가려고 하자 남자가 당황하며 현관문을 닫으려고 했다. 잠시 실랑이가 벌어졌다. 수상함을 감지한 경찰이 남자를 저지한 틈에 다른 경찰이 안으로 들어갔다. 남자는 현관문 옆에 어정쩡하게 선 채 비스듬하게 고개를 숙이고 바닥을 내려다보고 있었다.

그런데 정말 어디에서 본 듯했다. 땀으로 젖은 남자의 티셔츠를 바라보다 남자와 눈이 마주쳤다. 나랑 눈이 마주친 남자가 눈길을 피했다. 가만, 턱의 흉터를 어딘가에서 본 적이 있는데. 어디였지? 턱에 난 흉터…… 흉터! 아! 기억났다. 이 사람은 효진이네 카페에서 추태를 부렸던 남자다. 맙소사! 문어 자식이 내가 들었던 목소리의 주인공이라니.

"이 집에 다른 출입구는 없습니까?"

"어, 없는데요."

남자가 손사래까지 치며 부인했다.

"알겠습니다. 실례 많았습니다."

집 안을 둘러본 경찰이 조사를 마무리하려고 하자 이모가 앞을 막아섰다.

"잠시만요. 아이는요?"

"잘못 들으신 것 같네요. 이 집에 아이는 없습니다."

경찰의 말에 남자가 우리보다 더 놀란 표정이었다.

"없을 리가요. 분명히 소리를 들었는데요. 무례하게 느껴지시겠지만 저희가 들어가서 살펴봐도 될까요?"

경찰이 어깨를 으쓱했다. 남자가 경계하듯 문고리를 잡았다.

"우리 집에는 진짜 애가 없어요. 경찰도 방금 그렇다고 확인했잖아요."

"선생님 말씀을 믿기 위해서라도 잠깐만 들어가서 볼게요. 제가 인권 센터에서 일해요. 경험상 아이들이 경찰을 무서워할 때가 있더라고요. 무작정 피하려고 옷장이나 침대 밑에 숨기도 하고요. 그러니까 피해 안 가도록 일 분만 둘러볼게요."

남자가 말릴 새도 없이 이모가 내게 눈짓을 보냈다. 나는 경찰들과 남자의 매서운 시선을 받으면서 현관으로 들어갔다. 남자 옆을 스쳐 지나갈 때 술 냄새가 풍겼다. 집 안은 엉망으로 어질러져 있었다. 퀴퀴한 냄새가 나서 나도 모르게 코를 막았다. 이모 집과 구조가 같았으므로 작은방이 어디인지는 알려 주지 않아도 찾아갈 수 있었다. 작은방은 문이 열려 있었다. 경찰 말대로 아이의 모습은 보이지 않았다. 어디로 간 걸까. 아니면 어디에 숨긴 걸까.

눈을 감고 소리가 들리지 않는지 집중해 보았다. 얕은 숨소리가 들렸다. 아니, 기척이다. 눈을 떴다. 기척이 느껴지는 곳을 가만히 주시했다. 하지만 아이의 모습은 여전히 나타나지 않았다.

"이제 됐죠?"

어느새 남자가 내 뒤로 다가와 있었다. 분명 아이는 방 안에 있다. 기척이 느껴지는데도 보이지 않는 걸로 보아 아이는 비스킷이 된 거다. 그것도 3단계. 비스킷을 위험한 상황에 혼자 남겨 둔 채 이대로 방을 나갈 순 없었다.

"저기에 아이가 있어요."

절박하게 던진 내 말에 현관에 서 있던 경찰들이 작은방으로 뛰어왔다. 굳은 표정으로 방 안을 둘러보던 경찰이 아이가 어디에 있는지 되물었다.

"서랍장 옆 구석에요. 너, 내 말 들리지? 들리면 말 좀 해 봐. 도와줄 테니까 아무 말이나 해 봐! 그럼 네 모습이 보이게 될 거야."

돌이켜보면 허공에 대고 아이를 찾아선 안 되는 거였다. 조급한 나머지 비스킷의 목소리가 들리면 존재감이 드러나 형태가 보일 거라고 오판했다. 다른 사람에게 내 모습이 어떤 식으로 비칠지는 미

126

처 생각하지 못했다.

　나는 졸지에 정신이 온전치 못한 사람으로 취급 받으며 끌려 나가듯 방을 나와야 했다. 내가 나올 때까지도 비스킷은 모습을 드러내지 않았다. 등을 떠밀리며 현관 밖으로 나오자 경찰이 남자에게 사과의 말을 전했다.

　"죄송합니다. 신고를 받으면 우선 확인해야 하는 게 절차라서요."

　"아닙니다. 그럴 수 있죠. 신고자 상태를 전화로 파악할 수 있는 것도 아니니까요."

　경찰이 돌아서자 남자의 얼굴이 정면에서 보였다. 현관문을 닫으면서 남자가 입술을 비틀며 씨익 웃었다.

　소름이 돋았다.

7
방문의 시끄러움

    나의 낙담을 이해할 수 있으려나. 졸지에 덜떨어진 팔푼이로 몰려 버린 기분을. 거기에 더해 한순간의 성급함으로 비스킷을 구할 기회마저 놓쳐 버린 패배감을. 아무리 좋게 포장해 보려고 해도 모든 게 명백한 내 잘못이다.

    경찰차를 보낸 이모는 빌라 출입구에서 머리를 쥐어뜯고 있는 머저리를 지나쳐 보관대에 세워 둔 자전거에 훌쩍 올라탔다. 이모가 안장에 앉자 바퀴가 조금 내려앉았다.

    "우리 조카, 이모랑 동네 한 바퀴 돌고 올래?"

    걷는 걸 좋아하는 나를 배려한 말이란 건 안다. 그러나 지금은 내 잘못이 누구나 저지를 수 있는 실수라고 위로하는 어른이 아닌, 바보냐고 놀리면서도 함께 해결책을 찾아 줄 친구가 필요했다. 또한 이모에게도 면목이 없었다.

"괜찮아요. 저는 덕환이 좀 만나고 올게요."

"그럴래? 그럼 이모는 오랜만에 몸이나 풀다가 와야겠다. 먼저 출발할게."

이모가 자전거 페달을 돌렸다. 오리가 물속에서 발을 움직이는 것처럼 어색했다. 자전거가 시야에서 멀어질 때까지 이모의 뒷모습을 보다가 후드를 뒤집어쓰고 골목을 빠져나왔다.

덕환이의 집 근처에 도착해서 전화를 걸었다.

"여보세요."

"나와라."

"어딘데?"

"어디겠어?"

"알았어."

놀이터에 깔린 고무 벽돌을 툭툭 차면서 덕환이를 기다렸다. 바람이 휙 불어왔다가 낄낄거리며 사라졌다. 멀리서부터 덕환이가 핸드폰을 쳐다보며 걸어왔다. 다 와선 늘 그렇듯 안경을 한 번 밀어 올리곤 날렵하게 그네에 앉았다.

"어째 힘이 없어 보인다."

"인생에 회의감이 든다. 비스킷 도와주는 건 이제 관둘까 봐."

"왜?"

나도 그네로 걸어갔지만 앉지는 않고 주변을 빙빙 돌았다.

"나만 비스킷을 볼 수 있는 것도 정상은 아니잖아."

"너만 본 건 아닌데. 나도 봤잖아."

"넌 비스킷의 윤곽이나 색감까지 구분하진 못하잖아."

"엄밀히 말하면 너도 소리를 들어야만 볼 수 있는 거지 마주치자마자 비스킷의 윤곽을 확인할 수 있는 건 아니지. 반면에 나는 소리가 아닌 눈으로 비스킷을 파악하는 거고. 근데 갑자기 왜 돕기 싫은데?"

"의미가 있나 싶어. 부질없는 일 아닌가? 다른 사람 눈에는 보이지도 않는데. 허공에 대고 미친 것처럼 비스킷을 찾아 대는 꼴이잖아. 사람들이 이상하게 여기는 것도 더는 못 참겠어."

"못 참겠으면 도와주지 마. 곤란한 건 비스킷이지, 네가 아니니까."

덕환이가 탄 그네가 흔들흔들 움직였다. 내가 비스킷의 존재를 모른 척하면 윗집에 숨은 비스킷은 영영 집에서 나올 일이 없겠지. 배가 고프다고 했는데, 지금은 밥을 먹었을까.

"사실 못 참을 정도는 아니야."

나도 옆 그네에 앉았다. 덕환이가 그럴 줄 알았다는 듯 피식 웃었다. 덕환이의 여유로움이 전이된 건지 조금 전 비스킷을 구하려던 일이 아주 오래된 일처럼 느껴졌다. 시간이 지나면 상처에도 딱지가 앉는 법이다. 그래서 덕환이에게 301호에서 일어난 일들을 담담하게 들려줄 수 있었다.

"어른들은 자기 눈으로 스캔을 끝내야만 믿는다니까. 믿지 못하는 것까진 이해해도, 본인들이 믿지 못한다고 거짓말쟁이로 모는 건 편협해."

어릴 땐 어른들이 믿어 주지 않는다는 사실 따위 상관없었다. 내가 나를 믿으면 그만이니까. 문제는 학교에 들어간 뒤부터였다. 내가 비스킷을 본다고 말할 때마다 풋, 하고 웃던 반 아이들.

아이들에게 왜 비스킷을 볼 생각을 하지 않느냐고 묻지 않은 이유는 인간은 모두 똑같다는 진리를 알고 있기 때문이었다. 인간은 다들 얕은 상상력에 의존하며 살고 있다. 그러니 내가 보통의 인간들을 이해하는 수밖에.

나는 그네를 타려고 열심히 다리를 휘저었다. 덕환이도 다리를 저었다. 철근과 철근이 부딪치며 매끄럽지 못한 노래를 불렀다. 노래 사이로 덕환이의 핸드폰이 자꾸만 진동했다. 덕환이가 카톡을 열어 메시지를 본 뒤 답장도 없이 닫았다. 발신자가 누군지 대강 짐작이

갔다.

"또 고백 받았냐? 이번엔 누군데?"

덕환이는 예의가 바른 편이라 웬만한 연락에는 답을 반드시 했다. 다만 고백을 거절한 애에게는 답하지 않는다. 정중하게 거절하면서도 앞으로 답장하지 않을 거라고 미리 못 박아 둔다. 본인도 짝사랑을 하고 있는지라 마음을 무참하게 만들진 못하겠다며 차단까지는 하지 않는다. 효진이가 이런 상황을 알긴 할까.

"영어 학원 애. 거절했는데도 계속 보내네."

같은 영어 학원에 다녀도 누구에게는 원수를 보내 주고, 누구에게는 큐피드를 보내 준다. 나는 고개를 젖히고 하늘을 봤다. 내 신세를 닮은 닳고 닳은 하늘이 까맣다. 그래도 간혹 별이 총총 박혀 있긴 했다. 나는 그네에 앉아서 허공을 걷어찼다. 밤을 가르는 그네 소리에 내 보잘것없는 신세가 가려지길 바라면서 끝도 없이 하늘에 대고 발길질했다.

"윗집 남자가 비스킷한테 아직 안 죽었냐고 말했댔지? 그렇다면 그 남자한테는 비스킷이 보였다는 말이잖아. 그때까진 아마 비스킷은 2단계였을 거야."

덕환이의 지적은 예리하다. 윗집 남자는 나처럼 감각이 예민해서 비스킷을 본 게 아니다. 비스킷이 2단계였기 때문에 볼 수 있었던 거다. 그렇다면 죽으라는 남자의 말이 어떻게든 지키려던 비스킷의 마음을 완전히 깨뜨려 버린 건 아닐까?

내가 추측한 바를 말하자 덕환이가 심각한 표정을 지었다.

"경찰이 집에 아이가 없다고 말했을 때 그 남자가 놀란 건 아이가 있는 걸 들킬 줄 알았기 때문이야. 그건 아이가 경찰이 오기 직전이나, 오고 나서 바로 3단계로 변했다는 뜻이고. 어쩌면 아이는 세상에서 사라지기로 결심한 걸지도 모르겠어."

부스러기 상태의 3단계. 오랜 시간 자신을 부정하며 살았기에 세상에서 사라지기 직전의 상태. 죽으라는 말이 기폭제가 되어 모습을 드러낼 용기를 잃었다면, 온몸이 회복할 수 없을 만큼 투명해져 종국에는 세상에서 흔적도 없이 사라질 것이다.

그렇게 되도록 내버려 둘 수 없다. 나는 까만 하늘을 보며 각오를 다졌다. 울고 있던 비스킷을 찾아내기로. 찾아서 손을 잡고 세상으로 나오기로.

"걱정돼서 조바심이 나는 건 이해하지만 섣불리 움직이지는 마. 이미 넌 윗집에 노출되었고 비스킷은 3단계인 만큼 신중한 계획이 필요해."

덕환이가 내 생각을 읽은 듯 조언했다. 나는 대꾸하지 않고 그네에서 내려왔다. 별은 빛났고 하늘은 멀었다. 그리고 세상은 문을 열고 비스킷을 기다리고 있었다. 지금 바로 비스킷을 구하라고 채근하면서.

이제 와 밝히지만, 배가 고프다던 비스킷에 대해 효진이에게 언급하면 어떻게 반응할지 이미 알고 있었다. 효진이는 비스킷 3단계를 경험했고 세상에서 사라지기 직전에야 구출됐다. 어린아이가 잘 보이지 않는다는 건 제대로 먹을 기회를 얻지 못한다는 의미와 같다. 효진이도 매끼를 먹지 못해 존재감이 완전히 드러난 시점까지도 건강이 무척 나빴다.

윗집의 비스킷은 효진이 때보다 더 심각한 상태일 수 있다. 내가 3단계였던 효진이를 울음소리로 찾아낸 것과 달리 윗집의 비스킷은 기척만 느껴지기 때문이다. 이런 상황을 효진이가 알게 된다면 어릴 적 모습과 겹치는 비스킷을 당장 구하러 가자고 뛰쳐나갈 것이다. 그런 성향을 알고 있기에 효진이를 찾아간 거였다.

진 카페 엘리베이터 버튼을 소독약으로 닦으면서 효진이가 반갑게 맞아 줬다.

"왔는가. 어이구, 제성 군. 눈알이 충혈됐네. 또 못 잤나 봐."

"좀 잤어. 근데 오늘은 어째 썰렁한 것 같다."

"경기가 무지 안 좋으니 취업할 의욕이 떨어지고 대학을 가서 뭐 하나 싶어 공부할 흥이 안 생기는 거지. 나라도 흥을 내야 손님이 오려나. 요래, 요래."

효진이가 풍선 인형 흉내를 내며 팔을 요란하게 휘저었다. 덕환이는 대체 효진이의 어딜 보고 매력을 느낀 걸까. 감정을 되돌아보라고 진지하게 충고해 줘야겠다.

"그놈 만났어. 침대 찾던 놈."

"그 문어 자식을 만났다고? 어디서?"

지난밤의 일을 들려주자 예상대로 효진이는 비스킷을 즉각 구해야 한다며 길길이 날뛰었다. 자신이 3단계 비스킷이었으니 현재 비스킷의 상태를 누구보다 이해할 터다. 더욱이 비스킷은 집에 갇혀 있기에 무엇보다 건강이 걱정되었다.

효진이가 알바 시간을 바꾸려고 창성이 형에게 연락하는 사이에 내 핸드폰이 울렸다. 조제였다. 로비 구석으로 가서 전화를 받자 효진이가 관심을 보였다. 내게 찰싹 달라붙더니 통화 상대를 알아내려고 기를 썼다. 이쪽 사정을 모르는 조제가 왜 놀이터로 안 오냐고 물었다.

큰일이다. 약속을 잊어버렸다. 당장 비스킷을 구하러 가야 하니 조제를 만나러 갈 수가 없다.

"오라고 해. 비스킷 구하러 같이 가자고 해."

효진이가 신난 표정으로 참견했다. 효진이의 들뜬 목소리를 조제가 들었는지 누가 옆에 있냐고 되물었다. 아무도 아니라는 말에 효진이가 내 목을 흔들며 오라고 해, 하며 졸라 댔다. 그러곤 내가 상대를 절대 만나게 해 주지 않을 거라는 걸 직감했는지 냅다 이모네주소를 부르짖듯 불러 주곤 핸드폰을 뺏어 통화를 종료해 버렸다.

"무슨 짓이야?"

효진이가 내 핸드폰을 등 뒤로 감췄다. 내가 손을 뻗어 뺏으려고 하는데도 요리조리 잘도 피했다. 역시 나보다 몸 쓰는 일을 잘한다.

"전화한 애 누구야? 너랑 심상치 않은 사이지?"

"심상치 않은 건 네 눈빛이거든. 아주 돌아 버린 눈빛이야. 왜 이러는 거야, 대체?"

"너한테 첫사랑이 찾아왔다면 덕 도령보다 내가 더 빨리 보고 싶단 말이야."

"더 빨리 봐서 뭐 하게?"

"덕 도령한테 자랑해야지."

"고작 그런 이유로 이런 추태를 부리고 있다고?"

"덕 도령한테 자랑할 만한 게 생기는 거잖아. 난 추태든 뭐든 다 감수할란다."

"너, 덕환이한테 라이벌 의식 느껴? 막 이기고 싶고 그래? 아님,

관심 받으려고?"

효진이가 순간 멍한 표정을 지었다. 방심한 틈에 나는 핸드폰을 가로채었다.

"나 진짜 왜 덕 도령한테 자랑하려고 그러지?"

"네가 인정하지 않아도 무의식 중에 덕환이한테 관심이 있는 거야."

효진이는 아직도 자기 마음을 잘 모른다. 뭐, 그런 면이 순수해서 덕환이도 좋아하는 거겠지만.

"근데 진짜 누구야?"

"누군지도 모르면서 왜 오라 마라야?"

"오지 말라고 하기만 해 봐."

"와도 넌 못 봐."

"설마 비스킷이야?"

눈치는 빠르다. 눈치만큼 오감도 발달했으면 좋으련만. 내가 소리를 듣고 비스킷을 인지하고, 덕환이가 어릴 때 눈이 좋아 비스킷인 효진이를 단번에 알아본 것과 달리 효진이는 비스킷을 잘 느끼지 못했다. 1단계 비스킷이 바로 옆에 있어도 보지 못하는 경우가 다반사였다. 나처럼 소리를 들어 보려고도 해 봤고 덕환이처럼 보겠다면서 안경도 써 봤다. 이도 저도 안 되자 기적을 느끼겠다면서 기 수련원에 들어갔다가 삼 일 만에 도망쳐 나온 적도 있다.

"비스킷 맞구나. 천운이다. 너 입원해 있는 동안 이 누나가 비스킷을 알아볼 수 있는 비장의 기술을 연마했잖아. 윗집 비스킷한테 써 먹으려고 했는데. 네 첫사랑 오면 시연해 줘야겠다."

들어보나마나 황당한 방법일 것 같았지만, 예의상 묻긴 했다. 그랬더니 비스킷을 만나면 어련히 볼 테니 참으란다. 아버지 사업을 물려받겠다고 하더니만 협상의 기술을 제법 익혔나 보다. 근데 그러거나 말거나, 내가 효진이의 비즈니스에 관심이 없다.

전화를 걸려고 하자 효진이가 내 등에 매달려 방해 공작을 벌였다. 효진이를 등에 매단 채 조제에게 겨우 연락이 닿자 이모 집으로 출발했다는 답변이 돌아왔다. 벌써? 효진이 못잖게 조제도 추진력이 강하다. 출발했다는데 돌아가라고 할 수도 없는 노릇이라 우리도 얼른 택시를 불렀다.

먼저 도착한 조제가 빌라 근처에 서 있었다. 택시에서 우리가 내리자 조제가 다가왔다. 내 시선을 감지한 효진이가 조제가 있는 방향으로 악수를 청했다.

"반가워. 나는 성제성을 보호하고 있는 김효진이라고 해."

조제가 누구냐는 눈짓을 보내왔다. 내가 옆으로 이동해 보라고 눈짓하자 조제가 살며시 움직여 효진이의 반경에서 벗어났다. 효진이는 여전히 싱글대면서 손을 내밀고 있었다. 눈치가 있다는 말은 취소해야겠다.

"김효진, 너 비스킷 알아볼 수 있다는 말, 허세지?"

"비스킷 와 있던 거 아니었어?"

그제야 효진이가 손을 내렸다.

"여기 와 있어. 그쪽은 아니지만."

"기다려 봐. 어디 있는지 말하지 마. 내가 맞혀 볼게."

효진이가 사방을 향해 코를 킁킁거렸다. 처음 만나는 사이인데 한쪽만 일방적으로 적나라한 모습을 보여 주는 것 같아 얼른 효진이를 말렸다.

"나 이거 엄청나게 연습했단 말이야. 너는 귀로 듣고, 덕 도령은 눈으로 보고, 나는 냄새로 비스킷을 찾아내면 우리 완전체잖아."

"의지는 가상하다만 지금은 좀……."

그때 조제가 나를 지나쳐 가선 효진이의 손을 살짝 붙잡았다. 효진이가 깜짝 놀란 얼굴로 옆을 바라봤다. 그림자처럼 어둡던 조제의 몸이 순식간에 밝아졌다. 스스로 존재를 드러내려고 마음먹으면 바로 나타날 수 있구나. 물론 그 전에 비스킷의 존재를 인지하려는 효진이의 노력이 조제의 마음에 가닿았기에 가능한 일이지만.

"손이 따뜻해."

처음으로 비스킷이 모습을 드러내는 순간을 온전히 지켜본 효진이가 조제의 손을 마주 잡으며 환하게 웃었다. 이 정도면 기술을 연마한 보람이 있다는 듯이.

이모 집에서 비스킷을 구하기 위한 계획을 짜기에 앞서 우리는 먼저 윗집의 상황부터 추리해 보기로 했다.

첫 번째, 윗집 남자는 보였다가도 보이지 않을 수 있는 비스킷의 존재를 아는가? 결론은 예스. 경찰이 문을 두드리기 불과 십 분 전, 남자는 비스킷을 보고 죽으라는 막말을 했다. 볼 수 있었다는 의미다. 그러나 경찰은 비스킷을 보지 못하고 지나쳤다. 그 뒤 남자도 비스킷이 보이지 않았을 테니, 분명 사실을 알았을 것이다.

두 번째, 비스킷이 위험에 처했는가? 결론은 당연히 예스. 아동학대 신고를 당한 뒤로 이웃이 자기 집을 주목한다는 사실에 남자는 부담을 느낄 터였다. 출생 신고된 아이가 없는 집에서 사소한 흔적이라도 나올까 봐 전전긍긍할 거다. 그렇다면 비스킷을 없애려는 시도를 할 수도 있다.

세 번째, 윗집에 출생 신고 된 아이가 없다면 비스킷은 대체 누구인가? 결론은 물음표. 유괴 상황? 아이를 낳았으나 출생 신고는 하지 않은 상황? 지인이나 친척의 아이를 맡은 상황? 여러 가능성을 따져 봐도 진실은 오리무중이다. 다만 윗집 남자가 아이를 들키고 싶어 하지 않는다는 점은 분명하다.

네 번째, 비스킷을 구할 방법은 무엇인가? 결론은 우선 집으로 들어가야 한다는 것. 감금이든, 스스로 갇힌 거든, 어떤 사정으로 나올 수 없는 상태이든 일단은 세상 밖으로 불러내는 게 급선무이다. 궁금증도, 마음도, 건강도 존재감을 살린 뒤 다음 순서로 챙기면 된다.

윗집으로 들어가기 위한 첫 시도로 우리는 가장 고상한 방식인 '초인종 누르기'를 선택했다.

"기적처럼 초인종을 누르자마자 비스킷이 문 열어 주면 좋겠다."

윗집 남자가 집을 나갈 때까지 기다렸다가 301호 앞에 섰다. 효진이가 기를 받겠다면서 나와 조제의 손을 번갈아 잡더니 주문을 읊조리며 초인종을 눌렀다. 기척도, 반응도 없었다. 여러 번 초인종을 누른 효진이가 손바닥으로 문을 두드렸다.

"얘! 애기야! 집에 있니? 우리 무서운 사람들 아니야. 집에 있으면 문 좀 열어 줘."

효진이가 현관문에 귀를 댔다. 그러곤 나를 끌어다 귀를 대어 보도록 했다. 말로 해도 알아듣는 걸 굳이 본보기를 보여 가며 시키는 걸 보니 진짜 초조한 듯했다.

차가운 감촉을 느끼며 귀에 집중한 채 눈을 감았다. 울음소리라도 들린다면 마음이 놓일 텐데 불행히도 아무런 소리도 들리지 않았다. 내가 고개를 젓자 교대하듯 효진이가 현관문에 다시 귀를 댔다.

"배가 너무 고파서 이제 울 기력도 없나?"

울다 지친 상태는 진즉에 지났을 것이다. 물 마실 힘조차 없어 탈수증으로 벌써 쓰러졌을지도 몰랐다. 지체할 시간이 없었다.

효진이가 도어록 덮개를 열고 번호를 유심히 살펴봤다. 이모 집에서 들고 나온 밀가루를 숫자 패드에 흩날려 비밀번호를 알아내려 했으나 지문이 거의 모든 번호에 찍혀 있어 꽝이었다. 유튜브에서 도어록 여는 방법을 보고 구부려 온 철사는 들어갈 문틈이 없어서 실패했다. 열쇠 수리공을 불러 비밀번호를 잊어버린 척 해 보자는 궁리까지 이르렀다.

"그건 오버야. 지금까지 우리가 한 방법들 다 불법인 건 알지?"

그나마 이성의 끈을 놓지 않은 조제가 말려서 그만두었다.

"그럼 합법적으로 비스킷이 아직 집에 있는지부터 확인해 보자. 비스킷이 작은방에 있었다고 했지? 내가 올라가서 살펴볼게."

"올라간다고? 어디로?"

"너희 이모님 집 창문 통해서 윗집으로."

"방범창 있어서 못 나가."

"잘됐다. 일 층에서 방범창 붙잡고 올라가면 되겠다."

"올라간다고 해도 넌 비스킷 못 보잖아. 설마 또 냄새로 찾아내겠단 건 아니지? 차라리 내가 올라갈게."

"제성 군! 자네를 얕잡아보는 건 아니네만 운동 신경은 이 누나가 한 수 위라네. 그리고 비스킷 3단계 선배로서 비스킷이 되어 보지 않은 네가 보지 못하는 걸 발견할 수도 있잖아."

효진이와 주고받는 대화를 가만히 듣고 있던 조제가 잠깐만, 하면서 끼어들었다.

"위험천만하게 벽을 타고 삼 층까지 올라간다고? 너무 무모한 거 아니야? 왜 그렇게까지 하려는 건데?"

"비스킷을 구해야 하니까."

"비스킷을 구하는 게 중요한 건 아는데, 그렇다고 너희 미래까지 걸 필요는 없잖아. 벽 타는 거 합법 아니야. 벽 타다가 주민들한테 걸리면 뭐라고 변명할 건데? 경찰에 잡혀갈 수도 있어. 생기부에 적힐 문구는 걱정 안 해?"

효진이가 티 없이 해맑게 대답했다.

"나중 일은 생각 안 할래. 맨날 걱정하라는 게 나중 일이잖아. 잘 살려면 대학은 가야 한다거나 어느 대학에 가라거나 하는 것들. 장래 희망은 지금까지 많이 생각했고, 앞으로도 계속 고민할 거야. 그러니까 미래 걱정은 잠시 제쳐 두고 지금은 비스킷만 생각할래."

"까딱하면 다칠 수도 있어."

"비스킷은 목숨을 걸고 있어. 겨우 버티고 있다고. 그러니까 내가 다칠 가능성쯤 괜찮아."

조제는 존재감을 몽땅 잃어 아무도 자신을 알아보지 못해도 상관없다고 생각한다. 세상에 미련이 없는 만큼 다른 사람들과도 동떨어져 있다. 그런 생각 탓에 조제는 비스킷을 위해 기꺼이 위험을 무릅쓰는 효진이가 이해되지 않을 것이다. 결국 남인데. 도와 달라고 먼저 손 내민 것도 아닌데. 도와줘도 사라질지 모르는데. 왜 애써 힘들게 나서는지 의문일 것이다.

나는 동동거리는 효진이와 등 돌린 조제의 마음이 실은 같다는 걸 알 것 같았다. 조제 자신은 아직 깨닫지 못했지만 누군가를 구하려는 마음은 우리와 다르지 않다는 걸 알리기 위해 굳이 덧붙여 말했다.

"비스킷은 마음의 한 부분이 계속 짓밟혀서 존재감을 잃은 거야. 네가 시든 꽃을 땅에 다시 심듯이 우리도 비스킷을 세상에 제대로 발 딛게 해 주고 싶은 것뿐이야."

조제가 확신에 찬 표정을 지우고 처음으로 갈피를 잡지 못하겠다는 얼굴로 변했다. 비스킷과 시든 꽃. 그리고 소외된 것들. 어쩌면 우리는 각자 다른 방식으로 무언가를 계속 지켜 내고 있었는지도 모른다.

"염려하지 마. 우리가 밑에서 잘 망보면 돼. 걸려도 이모 집에 볼일이 있어서 올라갔다고 하면 선처될 거야."

그때 나는 누군가 우리를 신고할 것만 우려했다. 효진이는 운동 신경이 뛰어나니 삼 층으로 올라가는 것쯤 어렵지 않을 거라고 착각했다. 그래서 밑져야 본전이라며, 시도해 보기로 한 거다.

효진이가 일 층 창문을 두드리곤 아무도 없다는 걸 확인한 뒤에 벽돌 사이 틈을 붙잡고 창턱으로 올라섰다. 손을 뻗어 이모 집 방범창을 부여잡은 힘으로 단박에 이 층으로 올라선 효진이가 삼 층 턱을 붙잡았다. 방범창을 디딤돌 삼아 가려던 시도가 몇 번 실패하자 방법을 바꿔 스텐 난간 위로 올라갔다.

곡예사처럼 가볍게 움직인다고 생각하던 찰나, 까치발을 한 효진이가 휘청거렸다. 엇! 하고 숨을 참는 효진이의 신음이 먼저 들렸다. 그러곤 손쓸 틈도 없이 턱을 놓쳤다. 효진이가 공기를 가르며 떨어지는 소리를 들었다. 시멘트 바닥에 몸을 부딪친 효진이는 일어나지 못했다.

병원의 시끄러움

여기까지가 그동안 내게 일어났던 일이다.

이 층에서 떨어진 효진이는 발목 골절로 통깁스를 했다. 적어도 한 달은 안정을 취해야 한단다. 괜한 부추김으로 병원 신세를 지게 한 것에 대해 사과할 겨를도 없이 나는 아버지에게 끌려 정신 치료 센터에 강제 입원했다. 입원 수속을 마친 아버지는 내가 꼴도 보기 싫은지 뒤도 돌아보지 않고 돌아가 버렸다.

불과 이틀 전에 일어난 일이 아주 오래된 역사처럼 느껴진다. 비스킷은 어떻게 지내고 있을까? 무사할까? 내가 병원에 갇혀 있는 동안 비스킷의 생명이 시나브로 사그라지고 있다고 생각하면 정말 미칠 것만 같다. 그래서 난동을 부렸고, 그간의 일에 대해 글을 쓸 기회를 얻었다.

나는 글자가 빽빽하게 적힌 노트를 들고 원장실로 들어갔다. 내 주치의이자 병원 원장인 돌팔이 영감이 차트를 들여다보다가 내 손에 들린 노트로 시선을 옮겼다.

"벌써 다 쓴 거니? 밤새 쓴 건 아니지?"

당연히 밤새웠다. 하지만 아니라고 답했다. 돌팔이 영감은 믿는 눈치다. 눈치도 없긴.

"찬찬히 읽어 볼 테니까 나가 보렴."

"지금 읽어 봐 주세요. 저는 한시가 급해요."

돌팔이 영감이 차트를 내려놓고 안경 너머로 가만히 나를 바라봤다. 제발, 제발, 제발. 간절한 내 눈빛이 통했는지 눈치를 겨우 챙긴 돌팔이 영감이 그러자면서 노트를 펼쳤다.

나는 다리를 달달 떨다가 한차례 주의를 듣고는 손톱을 깨물며 고분고분 기다렸다. 돌팔이 영감의 간식 바구니에 담긴 초콜릿 개수를 세어 보기도 했다. 단 걸 좋아하는 돌팔이 영감이 초콜릿을 열 개까먹는 동안 노트는 겨우 한 페이지가 넘어갔다. 다 읽은 뒤에는 이가 몽땅 썩어 퇴원하라는 말도 못 할까 봐 걱정스러울 지경이다. 꽤 시간이 지난 뒤 안경을 벗은 돌팔이 영감이 눈을 지그시 눌렀다.

"병원에 오자마자 횡설수설하던 것보단 일목요연하구나."

회심의 역작이니 당연하다. 그런데 돌팔이 영감의 낯빛이 묘하게 어둡다.

"헌데 진실하게 쓰라고 제안한 부분은 고려되지 않았더구나. 비스킷이 여태 등장하는 걸 보면."

"비스킷은 진짜 존재하니까요."

"다섯 살 때부터 네가 주장해 온 바니까 개인적으론 비스킷을 믿는다. 허나 주치의로선 생각이 다르단다. 비스킷을 다른 시점으로 대해 보면 어떻겠니? 가령 비스킷이 허구의 존재라고 가정하고 네 행동을 돌아보는 거야. 네겐 극단적인 방법이 되겠지. 십 년 넘게 비스킷을 믿었으니 당연해. 그렇게 극한으로 가 보았는데도 비스킷이 보인다면, 그땐 아버지께 말씀드려서 퇴원하도록 하자."

"윗집에 침입하려던 이유를 쓰면 내보내 준다고 약속하셨잖아요."

"그 약속은 아직도 유효해. 내가 제안한 방법으로 글을 조금만 다듬으면 금세 결과를 얻을 것 같구나."

속았다는 게 첫 느낌이었다. 나를 밥줄 삼아 사는 인간조차 약속을 지키지 않는다면 대체 누굴 믿어야 하는 건가. 다음으로 느낀 감정은 바짓가랑이라도 붙잡고 사정해 볼까 하는 비굴함. 간발의 차로 이성이 패대기친 자존심을 먼저 일으켜 세웠다.

병원을 나갈 방법은 스스로 찾아낼 것이다. 돌팔이 영감의 꾐에 절대 넘어가지 않겠다. 나는 돌팔이 영감의 책상에 놓인 간식 바구니에서 초콜릿을 탈탈 털어 원장실 문을 세차게 열고 나왔다.

원장실을 나오자마자 대기하고 있던 간호사에게 붙들려 재활 훈련에 들어갔다. 데시벨의 강도를 높여 가면서 여러 소리를 들려주고 거부 반응을 보이는지 확인하는 훈련이다. 그다지 신뢰가 가지 않는 훈련이기도 하다.

앞서도 말했지만 나는 감정에 따라 소리 크기를 달리 의식하므로 기분이 째지거나 딴 데 한눈이 팔리면 재활 담당 의사가 옆에서 트럼펫을 불어도 쉬이 넘어갈 수 있다. 하지만 그런 날은 별로 없고 대개는 온갖 태클을 걸어 훈련의 문제점을 지적한다. 재활 담당 의사와 나의 힘겨루기는 마지막에 이르러 내가 의사를 봐주는 거로 대부분 마무리됐는데 지금은 기분이 엄청 나쁘므로 끝까지 반항했다.

의사도 나도 서로 지친 재활 훈련을 겨우 마쳤더니 벌써 점심시간이 끝나 있었다. 설상가상으로 비스킷에 관해 써 놓은 노트도 사라졌다. 환자들이 특유의 멍한 표정으로 텔레비전을 보고 있는 휴게실 안을 여기저기 들춰 봤지만 노트는 아무 데도 없다. 근데 생각해 보니 노트를 찾아서 뭘 하려고? 어차피 노트에는 병원을 탈출할 해법 따위는 적혀 있지 않다. 차라리 탈출하기 위한 장비라도 수집하는 게 낫겠다.

다용도실에서 접착테이프를 가지고 나왔다. 공용 화장실에 접착테이프를 숨기고 있는데 발소리가 들렸다. 화장실 칸에서 나와 보니 박 간호사가 거울 앞에 서 있다. 거울에 비친 박 간호사의 윤곽이 흐릿하다. 내가 퇴원하기 전에는 분명 비스킷이 아니었다. 그런데 그사이에 일이 있었는지 지금은 비스킷 1단계가 되었다.

눈이 마주치자 박 간호사가 긴장한 듯 어깨를 움츠렸다. 소심한 탓에 수간호사에게 주의 받는 걸 몇 번 본 적이 있다. 사람을 대하는 게 업인 직장인이 낯을 가리면 아무래도 지적당하기 쉽다. 위축되는 상황이 반복되면 주눅이 들고 자연스레 자존감이 하락한다.

박 간호사를 뒤따라 곧바로 화장실을 나갔다가 투실한 등에 부딪칠 뻔했다. 박 간호사는 멈춰 서서 벽 뒤로 몸을 숨기고 있었다. 오 간호사와 신 간호사가 어정쩡하게 서 있는 내게 가볍게 인사하곤 소곤거리며 복도를 지나갔다.

"오늘 박 간호사랑 당직 바꿨지?"

"당직 호구답게 단박에 바꿔 주더라. 다 같이 놀러가려고 교대 신청한 걸 그렇게 티냈는데도 끝까지 모른 척하는 거 있지. 말 시키면 눈도 못 마주치면서 쩔쩔매는 주제에 제법 눈치는 있나 봐."

"잘됐지 뭐. 수간호사가 정리하라고 시킨 서류도 맡겨 됐지?"

"당연하지. 걔가 서류 작업 하나는 끝내주게 하잖아. 내일 아침에 받아서 내가 수간호사한테 보고할 거야."

이 병원은 돌아가면서 왕따를 시키나? 일 년 전에는 퉁퉁하다는 이유로 여사님을 따돌려 비스킷으로 만든 적이 있었다. 아직도 못된 버릇을 고치지 못했나 보다.

박 간호사가 어깨를 움츠리고 있는 걸 보니 두 사람이 헐뜯는 내용을 다 들은 듯했다. 어른이 기죽은 걸 보는 것만큼 짠한 것도 없다. 장비를 구하느라 바쁘지만 비스킷을 돕는 게 내 임무이니 충직하게 나서기로 했다. 나는 복도로 나가서 두 간호사를 불렀다.

"저기요, 간호사님. 저 오늘 점심 못 먹었어요."

"아! 그래요? 지금 식당 문 닫았을 텐데요."

"점심은 안 먹어도 되는데요. 약은 어쩌죠?"

"식후 복용 약이죠? 여사님에게 확인해서 성제성 님 호실로 먹을 만한 걸 보내 드릴게요. 그거 먹고 약 복용하세요."

"고맙습니다."

간호사들이 돌아서며 조금 전보다 더 작은 목소리로 속닥거렸다.

"귀찮네, 진짜. 쟤는 왜 아직도 밥을 안 먹었어?"

"쉿! 다 들려. 쟤 귀 엄청 좋잖아."

그렇다. 다 들렸다. 들어 버린 이상 나도 엮인 일이 되어 버렸다.

나는 나라를 잃은 것 같은 표정으로 고개를 떨구고 있는 박 간호사에게 바퀴 달린 의자를 빌릴 수 있는지 물었다. 평소라면 의자가 왜 필요한지 물었을 박 간호사는 두 사람의 뒷담화에 넋을 잃었는지 이유도 묻지 않고 가져다주겠다며 허둥거렸다.

박 간호사가 의자를 가지러 가자 나는 숨겨 두었던 접착테이프를 다시 챙겼다. 박 간호사가 의자를 드륵드륵 밀며 화장실 앞에 도착했다. 의자 배달을 하다가 뒤늦게 이성을 찾은 듯 이제야 용도를 묻는다. 나는 대답 대신 환자복 주머니에서 초콜릿을 꺼냈다.

"여기 앉으세요. 심심하실 테니 초콜릿 까 드시고요."

박 간호사가 얼결에 초콜릿을 받아들고는 얼떨떨한 눈으로 나를 쳐다봤다. 나는 공손하게 의자를 가리켰다. 소심한 박 간호사는 왜 앉으라는 건지 묻지도 못한 채 주저하며 의자에 엉덩이를 걸쳤다. 초콜릿을 먹으라는 시늉을 하자 독이 든 초콜릿으로 사형 선고를 받은 것처럼 비통하게 초콜릿을 내려다봤다. 초콜릿 포장지를 벗기는 바스락 소리를 들으며 접착테이프를 뜯었다. 그러곤 박 간호사를 접착테이프로 둘둘 감아 순식간에 의자에 동여매 버렸다.

"어! 어? 뭐 하시는 거예요?"

박 간호사가 버둥거리기에 입술에 손가락을 대며 조용히 하라는 제스처를 취했다.

"쉿! 제가 간호사님께 선물을 드리려고요. 박 간호사님의 존재감을 절대 넘볼 수 없는 경지까지 올려 드릴게요."

저항하는 박 간호사의 몸에 마저 접착테이프를 감았다. 박 간호사가 묶인 손을 내젓다가 손톱으로 내 팔뚝을 할퀴었다.

"앗! 미안해요."

쓰라렸지만 아프지 않은 척, 박 간호사에게 웃어 주었다. 박 간호사는 겁이 많은 편이니까 달릴 때 분명 비명을 지르겠지. 비명은 딱 질색이므로 웃던 표정 그대로 가차 없이 박 간호사의 입에도 접착테이프를 붙였다.

병원은 평소와 다르게 고요했다. 늘 북적대던 복도에도 사람이 없었다. 이 도발을 성공시키라는 신의 계시 같았다. 박 간호사가 할 말이 많은 표정으로 읍읍, 소리를 냈으나 내 계획을 방해할 정도는 아니었다. 나는 의자 등받이 양쪽을 단단히 붙잡았다. 의자 뒤쪽에 무게 중심이 실려 고꾸라지진 않을 거라는 확신이 섰다.

"준비됐으니 이제 갈게요. 꽉 잡으세요."

의자를 밀면서 빠르게 복도를 달려갔다. 많은 사람이 구경하라고 고함도 질렀다. 휴게실에 있던 환자들이 목을 빼고 우리를 쳐다봤다. 원장실 문도 열렸다. 사무실에서 일하던 간호사들도 복도로 나왔다.

"스톱!"

의자를 멈춰 세운 건 수간호사였다. 위엄 있는 자태에 기가 눌려 나도 모르게 의자에서 손을 뗐다. 가속도가 붙은 의자가 홀로 계속 미끄러져 나갔다. 박 간호사의 얼굴이 창백하게 질렸다.

의자를 끌어오라고 명령한 수간호사가 냉랭한 분위기를 풍기며 팔짱을 꼈다.

"성제성 님! 그간 반항 어린 행동을 봐준 건 선을 넘지 않아서예요. 그런데 이번엔 선을 넘은 것 같네요. 이런 소란을 피운 합당한 이유가 있어야 할 거예요."

"박 간호사님이 시끄럽게 굴어 저도 모르게 복수한 거예요."

"박 간호사가 뭘 했길래요?"

"초콜릿 포장지를 시끌벅적하게 깠거든요. 얼마나 거슬렸는지 직접 들어 보시면 이해하실 거예요. 제가 똑같이 들려 드릴게요."

나는 주머니에서 꺼낸 초콜릿 포장지를 부스럭거리며 벗겼다. 수간호사의 미간에 점점 깊은 주름이 잡혀갔다.

"오늘 약 복용했어요?"

"아! 맞아. 약을 안 먹었구나. 어쩐지……. 근데 어쩔 수 없었어요. 오 간호사님이랑 신 간호사님이 약을 안 먹은 걸 알면서도 절 방치했거든요."

일부러 어눌하게 발음한 게 효과가 있었는지 수간호사가 사무실 쪽으로 엄한 눈길을 돌렸다. 사무실 문 앞에 서 있던 두 간호사가 깜짝 놀라며 손사래를 쳤다.

"제성 님, 저희가 방치했다니요? 생사람 잡지 마세요."

"약 복용할 수 있게 챙겨 준다고 하고선 안 왔잖아요."

병원에서 약 복용 문제는 민감한 사항이다. 계획대로 의혹을 교묘하게 부풀리자 환자들과 병원 관계자들의 눈초리가 두 간호사에게로 쏠렸다. 시선을 느낀 두 간호사가 고개를 수그렸다.

"어서 사과드려. 성제성 님 식사 챙길 거라는 말은 네가 했잖아."

주변의 눈을 의식한 오 간호사가 양심 있는 척을 했다. 오 간호사에게 옆구리를 툭 찔린 신 간호사가 어이없다는 듯 코웃음을 쳤다.

"같이 하자는 거였지! 혼자 쏙 빠지려는 거야?"

혹시 싫었는데 역시나 안 챙겼나 보다. 박 간호사에게 일을 미뤘을 때처럼 오 간호사와 신 간호사는 책임을 떠넘기기에 급급했다. 다른 사람을 배척할 때는 견고해 보였던 연대가 실은 얼마나 연약한 관계였는지 여실히 드러났다. 병원 생활에 자극이 필요한 환자들도 옥신각신하는 두 사람을 향해 저마다 말을 보태기 시작했다.

"그만."

조용해진 좌중을 둘러본 수간호사가 우선적으로 한 일은 박 간호사를 접착테이프로부터 해방시키는 거였다. 얼이 빠져 있는 박 간호사의 등을 두드리곤 고생했다고 다정하게 말해 줬다. 앞으로 박 간호사는 강박증 환자한테 봉변당한 가여운 간호사로 영원히 기억되며 환자들의 관심을 받을 것이다. 이게 바로 내가 그린 큰 그림이다. 따돌림을 일삼는 간호사들은 이제 서로를 믿지 못할 테고 박 간호사도 개밥에 도토리 신세는 면할 테니 더는 윤곽이 흐려질 일은 없을 거다. 그런데 왜 박 간호사는 울고 있을까?

박 간호사에게 안정을 취하게 한 수간호사가 다음으론 신 간호사와 오 간호사에게 엄한 눈빛을 보냈다. 잔소리 지옥이 펼쳐졌지만, 이번만은 싫지 않다. 잔소리에 동료를 깔보는 행동이 자신에게 되돌아올 수 있다는 경고가 숨어 있었다. 수간호사도 그간의 병원 분위기를 알고 있었던 모양이다. 뻔한 수작으로 멀쩡한 사람을 투명인간 취급하는 일. 알고 있었으면 진작 나서서 해결해 주지.

아쉬움이 담긴 눈길로 쳐다보자 수간호사의 잔소리가 내게도 날아왔다. 아무리 소리가 거슬린다고 해도 위험천만한 행동은 해서는 안 된다는 주저리주저리. 건성으로 듣고 있는 걸 눈치챈 수간호사가 눈에 힘을 줬다. 분별 있는 어른의 시선은 제 발 저리게 만드는 힘이 있다. 나는 약을 먹겠다는 핑계를 대며 슬금슬금 자리를 벗어났다.

소동을 벌이느라 잊고 있었지만, 나는 병원을 탈출할 방법을 찾고 있었다. 비품이라고 해 봐야 접착테이프 따위이니 발명왕이 와도 탈출 도구를 만들긴 어려워 보였다. 방식을 바꿔 돌팔이 영감이 응할 수 있는 협상거리를 찾아보기로 했다. 혹은 협박이나.

불현듯 아이디어가 떠올랐다. 협상 테이블에 올릴 만한 인질을 붙잡자. 조금 전 성공적으로 박 간호사를 끌고 다닌 경험이 있으니 그리 어렵지 않을 것이다. 돌팔이 영감의 머리를 지끈대도록 만들 손색 없는 인질을 물색하기 위해 휴게실을 둘러봤다. 환자는 무기력하고, 간호사는 까칠하다. 그들을 제외한 누가 좋을까.

촤차자장. 휴게실에서 난데없이 괴음이 들렸다. 왁자지껄한 예능 프로그램에 눈이 팔려 있던 여사님이 물걸레로 양동이를 걷어찬 거다. 빙고. 나는 쭈그리고 앉아 물기를 닦아 내는 여사님에게 다용도실로 따라오시라고 한 뒤 의기양양하게 휴게실을 나갔다.

보풀이 일어난 파란색 유니폼을 입은 여사님이 손발이 묶인 채 내 앞에 있다. 여사님을 다용도실로 몰아붙인 뒤 박 간호사처럼 가차 없이 접착테이프로 감아 버렸기 때문이다. 몸을 감느라고 접착테이프를 반통이나 써 버렸더니 손이 끈적끈적했다.

내가 접착테이프를 감는 동안 여사님은 눈도 깜짝하지 않았다.

오히려 지나칠 정도로 편안해 보이기까지 했다. 조금 전 박 간호사와는 대조적이었다. 수간호사가 달랜 이후로 박 간호사는 괜찮아졌을까? 박 간호사가 우는 모습을 봐서 그런가, 가슴 한구석이 찜찜하다.

"여사님! 제가 사정이 있어서 병원 밖으로 나가야 하거든요. 그래서 말인데요, 이제 여사님은 제 인질이에요. 아시겠죠?"

통통 부은 손가락을 꼼지락대던 여사님이 턱을 움직이며 고개를 끄덕였다.

"그러마."

"이 계획이 성공해서 제가 탈출할 때까지 여사님은 다용도실에 갇혀 있을 거예요. 누군가 풀어 줄 때까지요. 물론 제가 나가자마자 여사님의 위치를 흘릴 거라 너무 걱정할 필요는 없지만 그때까진 여기에 얌전히 있으셔야 해요. 여기까지 동의하시는 거죠?"

여사님은 이제 나를 보지도 않았다. 선반 위의 고데기를 보고 있었다. 대체 왜 다용도실에 고데기가 있는 걸까?

"지금 이 상황을 이해하시긴 하는 거죠? 여사님은 곧 다용도실에 갇힌다고요."

"알아."

"안 무서워요?"

"오늘 종일 힘들었다. 잠깐 쉬고 좋지 뭐냐? 그나저나 출출한데 초콜릿 좀 꺼내 봐라."

나는 반사적으로 환자복 주머니에서 초콜릿을 꺼내어 내밀었다. 여사님이 튼실한 어깨를 위아래로 흔드는가 싶더니 어느새 접착테이프를 풀고 초콜릿을 받아 들었다.

"저한테 초콜릿 있는 건 어떻게 알았어요?"

"네가 초콜릿 다 가져갔다고 원장님이 간식 바구니 새로 채워 두라더라. 그보다 아까 박 간호사 울렸다면서? 걔는 덩치는 커도 순진해서 이런 장난 못 받아 줘. 가서 사과해."

"울리긴요. 오히려 내가 울 뻔했는데요. 박 간호사님이 손톱으로 아주 야무지게 할퀴었단 말이에요. 이거 봐요."

나는 팔뚝에 생긴 할퀸 자국을 보여 주었다.

"네가 먼저 묶으려고 했잖아."

"간호사님이 시끄럽게 굴었다니까요."

"넌 그걸 치료받으려고 온 거야."

맞는 말이어서 대꾸하기가 머쓱했다.

"사과할 거지?"

"봐서요. 박 간호사님 보고 자신감이나 가지라고 전해 주세요."

또 사라지지 말고. 이 말은 속으로 삼켰다.

"너 실은 박 간호사 도와준 거지? 존재감이 없어서 사라질까 봐, 걱정돼서."

여사님도 왕따가 된 이후에 잠깐 비스킷이 된 적이 있다. 박 간호사의 처지를 누구보다 잘 이해하고 있을 것이다.

"청소년이 어른 걱정을 왜 해요? 어른들은 알아서 잘 살아야죠."

"근데 어른이 되면 이상하게 어릴 때보다 더 잘 살지를 못해."

"장차 사회인이 될 사람이 앞에 있는데 희망을 줘야죠. 너무 현실적으로 말하지 말아 주세요."

"세상이 그런 걸 낸들 어쩌겠니."

통통한 손가락으로 초콜릿 껍질을 까자 바스락바스락 소리가 났다. 이래서야 인질을 잡은 의미도, 소용도 없다.

나는 한숨이 나오려는 걸 참고 다용도실 문을 천천히 닫았다. 닫히는 문틈으로 여사님이 내게 씨익 웃어 보였다. 모처럼 휴식 시간을 얻어서 기쁜 듯 다용도실 안에서 흥얼거리는 노랫소리가 들려왔다. 결국 한숨이 터져 나왔다.

"제성아! 밖에 아직 있지? 누가 날 찾아도 모르는 척해라. 그리고 미안하지만, 휴게실에서 양동이 좀 치워 주고."

여사님에게 말려들고 말았다. 분출되는 신경질을 다용도실 전등 스위치를 확 꺼 버리는 걸로 대신했다.

"고맙다."

다용도실 안에선 오히려 꺼진 불을 반가워하는 여사님의 목소리가 들려왔다.

"근데 네가 들었다는 울음소리 말이야. 어린아이 울음소리가 맞는 거지?"

나는 정신이 번쩍 들어 다용도실 문을 확 열어 젖혔다. 복도에서 흘러 들어간 불빛이 여사님의 얼굴에 그늘을 만들고 있다. 전등 스위치를 다시 켜자 여사님이 눈을 찡그렸다.

"어떻게 알았어요?"

여사님이 내게 노트를 내밀었다.

"재활 치료실에서 주웠어."

"거짓말. 말도 없이 가져간 거죠? 내용 빨리 고쳐서 여기서 나가야 하는데, 여사님 때문에 시간 다 뺏겼잖아요."

"복수를 또 저질러 갇힌 마당에 내용 바꾼다고 과연 내보내 줄까? 내 보기엔 아니올시다, 이다만."

복수 때문에 갇힌 게 아니다. 아니어서 오히려 난감하다. 비스킷에게 위험이 닥쳤는데 아무것도 할 수 없으니까.

"어린아이 울음소리를 정말 들었어?"

"확실히 들었어요. 노트 다 읽었으면서 여사님도 안 믿는 거예요?"

"그래, 들었을 거야. 네 귀가 좀 예민하니? 날 알아봤듯 그 아이도 알아본 거겠지. 근데 나가선 어쩌려고 그러니? 복수라도 하게?"

"아니요. 구해야죠. 제가 구하지 않으면 비스킷은 죽을지도 몰라요."

다급하게 말을 쏟아 내고 보니 무력하게 갇혀 있는 지금 이 상황을 더 견딜 수가 없었다. 여사님은 초콜릿을 우물거리면서 곰곰이 생각에 잠겼다.

"구하겠다는 의지, 확고한 거지?"

"혈서로 맹세라도 할까요?"

"비꼬기는. 아무튼 의지가 가상한 것 같으니 탈출할 수 있도록 내가 도와주마."

어떻게요, 라고 묻기도 전에 여사님이 자리에서 일어나더니 남아 있던 접착테이프를 푹 찢었다. 갑자기 초인이 된 듯 힘이 넘쳐 보이는 여사님이 허리에 손을 얹고 말했다.

"나한테 계획이 있어."

자신만만한 여사님의 분위기에 휩쓸려 내 가슴에도 희망이 넘실거렸다. 여사님과 편을 먹으면 뒤가 든든해질 것 같다.

탈출의 시끄러움

모든 환자는 식당에서 식사한다. 다들 맛이 없다는 표정으로 간이 밍밍한 반찬을 느릿느릿 먹고 있다. 식사에서라도 자극을 원하는 환자들 틈에서 나는 기계적으로 수저질하며 주변을 경계했다. 때마침 여사님과 눈이 마주쳤다. 고개를 한 번 끄덕인 여사님이 곧바로 자리를 떴다. 우리의 암호다. 여사님이 고개를 끄덕이면 식판을 반납하고 최대한 자연스럽게 세탁실로 오라고 했다.

여사님은 저녁 식사 시간에 맞춰 탈출하자는 계획을 내밀었다. 탈옥 영화를 보면 교도관들이 잠든 시각에 탈출하던데요, 하고 물었더니 여사님이 퇴근해야 한다면서 식사 시간이 딱 좋다고 재차 말했다. 순전히 여사님에게 맞춘 탈출 스케줄이다.

나는 세탁실로 천천히 향했다. 이미 식사를 마친 환자들이 습관대로 이곳저곳을 배회하고 있어서 내 움직임이 눈에 띄지는 않았다. 다만 복도마다 설치되어 있는 CCTV를 마주칠 때마다 의식이 되어 힐끔대느라 자연스럽게 이동하라는 여사님의 충고를 제대로 수행하지는 못했다.

세탁실 유리문을 최소한으로 열고 재빠르게 쑥 들어갔다. 안에는 여사님이 먼저 와 있었다. 세탁실은 평소와 똑같아 보였다. 세탁실에 도착하면 탈출할 때 쓸 만한 장비들이 널려 있을 줄 알았는데. 여태껏 먹고 있었는지 여사님의 주변에는 초콜릿 포장지뿐이다. 혹시 돌팔이 영감의 사주를 받아 여사님이 나를 속이고 있는 건 아닐까. 문득 아무것도 없는 세탁실로 불러낸 이유가 미심쩍었다.

"스트레칭 할 줄 알지? 준비 운동 하고 있어."

"대뜸 왜요?"

"다 널 위해서 하라는 거야."

"여사님, 도와주시는 건 고마운데요. 저도 계획이 뭔지는 알아야 움직이죠."

무턱대고 시키는 것만 따라갈 생각은 없었다. 그게 함정일지도 모르고. 여사님이 두툼한 손으로 초콜릿을 까서 입에 넣었다.

"무슨 수를 써서라도 탈출하고 싶은 것 맞지?"

나는 고개를 끄덕였다. 비스킷을 구하기 위해선 어떤 일이라도 할 각오가 되어 있다. 내 각오가 전달된 듯 여사님이 진지한 눈빛으로 세탁물 수거함을 집게손가락으로 가리켰다.

"세탁물 수거함 안으로 숨으라고요?"

"상상력하곤. 이건 평범한 세탁물 수거함이 아니야. 비밀 통로지."

"비밀 통로요?"

"통로를 통해 건물 밖으로 나갈 수 있도록 설계되어 있어."

"담장 밖도 아니고 건물 밖으로 나가는 거면 그냥 걸어가면 되잖아요. 굳이 왜 수거함을 이용해요?"

"다 역사가 있단다. 이 병원 건물이 원장님 집안 대대로 일제 강점기부터 이어져 온 건 알지? 독립운동가들이 거점으로 이용한 건물이라더구나. 일본군 눈을 피하려고 설계부터 탈출로를 고려한 모양이야. 육이오 땐 원장님 아버지가 북한군 공습에 대피로로 이용했고. 독재 정권 때는 민주화 운동을 벌였던 원장님이 직접 들어가 사복 경찰을 따돌렸다더라. 삼대를 이어 비밀 통로로 사용돼 온 거지."

난데없이 병원의 역사까지 소환되었다. 돌팔이 영감이 독립운동가의 후손? 육이오? 민주화 운동? 새삼 달리 보이긴 한다만 의문은 여전하다. 고작 건물 밖으로 나가 그 다음엔 어떻게 담장을 넘으라는 건지.

"통로는 주차장 쪽으로 연결돼 있어. 통로를 빠져나갈 때쯤 밖에서 들이치는 빛이 보일 거야. 통로 끝에 큰 종이 상자를 걸쳐 두었으니 나오기 직전에 그 속으로 들어가 상자를 덮어쓰고 있어라. 그럼 차로 데리러 갈 테니까."

세탁물 수거함을 열자 정사각형으로 된 구멍 같은 통로가 정말 있었다. 철저하군. 굴곡진 역사를 살아 내려고 비밀 통로까지 만들어 놓다니. 돌팔이 영감의 조상님이 고맙다. 숭고한 뜻을 받들어 이번 탈출도 꼭 성공으로 이끌겠다는 사명감이 샘솟았다.

"통로가 좁아 고생 좀 할 게다."

그래서 스트레칭을 하라고 했군. 나는 앉았다 일어나며 다리를 풀었다. 내가 스트레칭을 하는 동안에 여사님이 CCTV 정보를 공유해 줬다.

"주차장에는 총 여섯 대의 감시 카메라가 있어. 담장 끝에 각각 한 대. 병원 방향으로 한 대. 병원 외곽에 설치된 두 대는 주차장을 비추고 있어. 나머지 한 대는 주차장에서 나가는 길목을 감시하지. 그러니까 통로를 나오자마자 네가 포착될 감시 카메라는 총 네 대야. 포착되지 않도록 움직임을 최소화해야만 해. 안 그럼 주차장에서 들켜 담장을 넘어 보기도 전에 붙잡히고 말 거야."

영화에서라면 보안 담당이 밥을 먹거나 졸거나 다리를 꼬고 앉아선 딴짓을 하느라 중요한 장면을 놓치던데. 현실에선 어떤 일이 일어날지 예측이 안 된다. 운이 안 좋으면 보안 담당이 주로 보는 영상 화면이 통로일지도 모르는 거다. 그러니 돌팔이, 아니 원장 선생님의 조상님들! 비스킷을 구하려는 제게 좋은 기운을 내려 주세요!

기도를 마친 뒤 세탁물 수거함에 상체를 디밀었다. 독립 운동가들은 어떻게 여기를 왔다 갔다 했을까. 아담한 골격인 나도 몸이 꽉 끼는 것 같은데. 다들 유연한 생각만큼 유연한 몸을 가졌었나.

물이 똑똑 떨어지는 소리가 들렸다. 어째 불안하다. 물소리를 의식해 버릴 것 같다. 유비무환이니 약을 먹고 새로이 시도할까.

"갈 수 있을 것 같아?"

"다른 방법은 정말 없는 거예요?"

"이게 최선이야."

"근데 물 떨어지는 소리가 들린단 말이에요. 무너지거나 물에 휩쓸리는 건 아니죠?"

"하수도 배관이 얽혀 있어서 그럴 거야. 약은 먹었니?"

"아니요. 이래 죽나 저래 죽나……. 참아 볼게요."

소리를 의식해 공간이 좁아지는 경험은 넓은 세상에 있을 때 일어나는 일이다. 이번엔 좁은 세상으로 들어가니 내 병이 어떤 식으로 작용할지 아직 알 수 없었다.

"참, 우리 암호는 비스킷이다. 준비하고 있다가 비스킷이라고 말하면 얼른 차에 타거라."

여사님이 헤드랜턴을 건네주었다. 헤드랜턴은 또 언제 준비한 걸까? 완전히 이 일을 즐기는 것 같다. 빈틈이 없다. 내가 완전히 들어가도록 수거함 덮개를 잡아 준 여사님이 고개를 끄덕이곤 덮개를 닫았다. 막상 캄캄해지니 심장이 요동쳤다. 이번 작전이 썩 내키지 않는다. 그래도 이왕 들어온 거니 나아갈 수밖에 없다.

무릎을 꿇고 양손으로 통로 바닥을 짚으며 한 발 한 발 나아갔다. 바깥 소리는 더 이상 들리지 않았지만 안쪽은 냄새가 지독했다. 오랫동안 사용하지 않아 거미줄도 많았다. 기침이 날 것 같아 얼른 입을 가렸다. 한 걸음씩 옮길 때마다 불안하고 답답한 기분이 한층 커졌다.

허리가 아파서 헤드랜턴 불빛이 이리저리 흔들렸다. 얼마만큼 온 걸까? 지금쯤 내가 병실에 없다는 사실을 알아챘으려나? 내가 사라진 걸 알고 한바탕 소동이 나서 여사님이 자백하지는 않았을까? 그래서 보안 담당들이 통로 끝에 버티고 있다면……. 상상하기도 싫었다.

하수도에서 물이 떨어지는 소리와 발을 움직일 때마다 나는 쇳소리도 더는 참기 힘들었다. 비밀 통로조차 소음 덩어리라니! 분명히 이 통로도 부실시공일 것이다. 그나마 다행인 건 뒤돌아 나가지도 못할 정도로 통로가 좁아 거슬리는 소리를 들어도 납작해지지 않는 다는 거였다. 이미 몸이 납작하게 눌린 상태라고 뇌가 인식하고 있 는 걸지도 모르겠다.

마침내 저기 멀리 빛이 보였다. 사실 통로에서 오도 가도 못하게 될까 봐 내심 조마조마했다. 한 발 뗄 때마다 버려진 백골이라도 만 날까 봐 떨렸는데, 큰 탈 없이 나가게 된 거다. 여사님이 말한 종이 상자도 보였다. 이제 자연스럽게 상자 속으로 미끄러져 들어가 자유 를 찾는 일만 남았다.

통로에 앉은 채 머리부터 상자에 넣고 재빨리 다리도 빠져나왔 다. 그러곤 종이 상자를 쓴 채 주저앉았다. 상자가 덜컹거렸다. 그 것도 심하게. 어쩌지? 들킨 거 아냐? 고생하며 비밀 통로를 건너온 보람이 물 건너갈 판이다. 보안 담당이 상자를 들춰 보러 오면 기억 상실증에 걸린 듯 뭘 물어도 모르겠다고 답하고선 태연히 병실로 돌아가는 게 낫겠지?

실패를 대비한 계획을 짜고 있는데 차량에 시동을 거는 소리가 들렸다. 누군가 내 쪽으로 차를 몰고 있다. 끼익! 차량이 멈춰서고 차문이 탁, 하고 열리는 소리가 뒤따라왔다. 발소리에 이어 다시 탁,

하는 차문 여는 소리가 났다.

"비스킷."

여사님이 아니라 박 간호사의 목소리다. 박 간호사가 여긴 왜? 판단할 틈도 없이 다급한 목소리가 이어졌다.

"제가 상자를 드는 시늉을 할 테니까 셋 하면 차로 옮겨 타세요."

비밀 통로 탈출 작전의 멤버였구나. 여사님은 병원 청소를 하실 게 아니라 국정원이라도 들어가면 활약이 대단할 것 같다. 작전 멤버의 신원 정보도 미공개로 해 두는 치밀함에 감탄이 다 나왔다.

박 간호사의 구령에 맞춰 차 뒷좌석으로 들어갔다. 외부에서 들여다봤을 때 종이 상자를 뒷좌석 시트에 올려 둔 것처럼 보여야 하므로 발 받침대에 쪼그리고 앉은 채로 상체는 엎드렸다.

"고생했다. 통로가 험난했지?"

"뭐, 그쯤이야. 제가 또 끈기 하나는 끝내주게 좋거든요."

"어련하려고. 근데 잠깐만."

박 간호사가 출발하려고 하자 갑자기 여사님이 차를 멈추라고 했다. 무슨 일이 생긴 걸까? 귀에 집중해 보았지만 엔진 소리밖에 들리지 않았다.

"제성아, 박 간호사한테 사과했니?"

급박한 상황에 어울리지 않게 여사님의 목소리는 느긋했다. 나는 상자 안에서 최대한 소곤소곤 재잘거렸다.

"아직요. 이따 할게요. 일단 빨리 가요. 누가 보면 어떻게 해요?"

"제성아, 모든 일에는 순서가 있는 게다. 출발하고 싶으면 사과부터 하렴."

여사님이 어울리지 않게 집요하게 굴었다. 설마 내가 박 간호사 일을 후회하는 걸 아시나? 사실 아까는 돌팔이 영감한테 속수무책으로 당하고, 재활 담당 의사랑 한판 벌인 뒤에 간호사들한테 뒷담화까지 들어 기분이 엉망이었다. 여유만 있었더라도 구해 준다는 명분을 내세워 난폭하게 구는 어리석은 짓은 하지 않았을 것이다. 백 번을 돌아봐도 내가 잘못한 게 맞았다.

"아까 멋대로 묶어서 미안했어요. 그리고 사람들 앞에서 창피당하게 한 것도 잘못했어요."

종이 상자를 뒤집어쓰고 있어서 천만다행이었다. 얼굴을 마주 봐야 했다면 사과는 못 했을 거다. 대면하지 않았는데도 박 간호사가 울던 얼굴이 계속 떠오르는 건 문제지만.

"여사님께 들었어요. 제가 비스킷이라는 현상? 아니, 상태가 되어서 제성 님이 도와주신 거라고요. 병원 사람들한테 소외된 탓에 잘 보이지 않게 된 거라고 설명해 주셨어요. 제가 제 존재에 대해 확신을 가지면 다신 사라지지 않으니 자신감을 가지고 환자들한테 꼭 필요한 사람이 되어 주라고 하셨다죠. 고마워요, 정말. 저 꼭 환자들한 테 힘이 되는 간호사가 될게요."

박 간호사의 말은 여사님이 내게 전하는 충고이기도 했다. 과격한 방식을 택하지 않더라도 박 간호사가 존재감을 찾을 방법이 이미 바로 앞에 있었다는 걸 깨닫게 해 주고 싶었던 거다. 따지고 보면 존재감 없이 지내는 게 꼭 나쁜 건 아니니까. 자존감과 자신감을 잃지 않도록 스스로 지켜 내는 게 훨씬 중요한 핵심이다.

박 간호사는 성격만큼 얌전하게 운전했다. 병원에선 아직 내가 사라진 걸 모른다고 했다. 병실에 없으면 재활 치료실에 있겠거니, 태평하게 생각하고 있을지도 몰랐다.

"이제 정문이다. 움직이지 마라."

몸이 청개구리 체질인지 하필 지금 다리가 저려왔다. 찌릿찌릿한 감각이 다리를 지나 온몸으로 퍼지고 있었다. 차가 멈추자 경비원과 여사님이 서로 안부를 묻고 답했다. 아침에도 봤을 텐데, 왜 이리 정감이 넘치는 거야? 다리는 저리고 허리도 결렸다. 이제 한계였다. 마비가 오기 전에 살짝 움찔거린 걸 느꼈는지 여사님이 재빠르게 작별 인사를 했다.

빵! 그때 경적이 울렸다.

"어! 저거 원장님 차인데……."

박 간호사가 말을 끝마치지 못한 사이 돌팔이 영감이 자기 차에서 내려 저벅저벅 걸어왔다. 설마 돌팔이 영감이 내가 탈출한 걸 알아차렸나? 긴장한 박 간호사가 침을 삼키는 소리가 들려왔다. 차창을 두드리는 소리에 여사님 의자가 들썩거렸다. 차창이 내려갔다.

"한참 찾았는데 박 간호사랑 있었구먼. 수간호사한테 물었더니 여사님이 정시에 퇴근을 했다더라고요. 아직 안 갔네요?"

"네, 원장님. 차에 문제가 생겨서 늦어졌어요. 하실 말씀이라도 있으세요?"

"초콜릿을 채워 달라고 요청했는데, 기별이 없어서요. 혹시 초콜릿이 다 떨어졌어요?"

여사님은 당황한 기색이 역력했다. 줄곧 초콜릿을 까서 먹더니, 그게 간식 바구니를 채웠어야 할 몫이었나 보다.

"아이고, 제가 깜박했네요. 요즘 정신이 자주, 아니 다른 일을 신경 쓰다 보니까, 죄송합니다. 내일 일찍 출근해서 바로 채워 둘게요."

"그래요. 근데 저기 박스에 든 건 뭐죠? 환자복인가요?"

박 간호사가 숨을 흐읍, 들이마셨다. 놀란 거다. 지금 원장이 상자를 주시하고 있다는 걸 알리는 암시이기도 했다. 병원 운영자 입장에서는 상자 안에 든 환자복이 수상하다고 느낄 만했다. 나는 상자가 흔들릴까 봐 숨을 참았다.

"아하하! 환자복이, 그, 아주 많이 해졌더라고요. 가져가서 꿰매 오려고요."

"해진 환자복은 버리라는 사내 규정이 있는 걸로 아는데요."

돌팔이 영감의 태클에 식은땀이 났다. 환자복 상태를 살펴보겠다 면서 상자를 열면 어쩌지? 지금 걸리면 여사님과 박 간호사가 불이 익을 당할 거다. 최악의 경우 해고당할 수도 있다. 돌팔이 영감의 미 심쩍은 목소리가 들렸다.

"제가 직접 환자복을 살펴보죠. 이리 줘 보세요."

올 것이 오고야 말았다. 탈출이 코앞인데 이렇게 실패하는구나. 나는 눈을 질끈 감았다. 머릿속에선 내가 두 사람 몰래 차에 탄 시 나리오가 후다닥 작성되는 중이다. 달칵 소리가 난 뒤에 문을 열라 는 경비원의 목소리가 들려왔다. 여사님이 차문을 아예 잠가 버렸 나 보다. 창문 닫으라는 읊조림에 양쪽 차창을 닫는 소리가 이어지 고 경비원이 아악, 하고 비명을 질렀다. 차창이 내려갔다가 올라가 는 소리가 간발의 차로 다시 나는 것으로 보아 아마도 경비원이 차 창 사이로 손을 넣었다가 끼었고 잠시 차창을 내린 틈에 뺀 모양이 었다.

"뭐 하는 겁니까? 차 문 열어요!"

174

이번에 차창을 두드린 건 돌팔이 영감이었다. 박 간호사가 시트가 들썩일 만큼 움직이는 것은 중간에 낀 채 여사님과 돌팔이 영감을 번갈아 쳐다보기 때문일 테지. 이윽고 여사님이 "네에? 뭐라고요? 안 들려요." 하고 얼토당토 않는 말을 내뱉었다.

"박스에 든 게 진짜 환자복 맞아요? 왜 이러는 거죠? 설마…… 횡령입니까?"

일이 커졌다 싶어 당황한 나머지 어깨를 움찔했다. 순간적으로 상자가 약간 흔들렸다. 상자 속에 있는데도 모두 나를 쳐다보고 있다는 걸 느낄 수 있었다. 아니나 다를까. 돌팔이 영감이 씩씩대며 뒷문 손잡이를 잡아당기기 시작했다.

"거기 누구야? 누구야, 너!"

여사님이 종이 상자를 툭툭 건드리며 나오란다. 종이 상자를 벗었더니 차창에 이마를 거의 맞대고 있던 돌팔이 영감이 흠칫 놀라 뒤로 물러섰다.

"너…… 너, 성제성?"

평소에는 점잖은 척하더니만 경황이 없어졌다고 환자를 너라고 부르다니. 시간을 질질 끌어서 나가겠다는 내 의지를 꺾어 놓을 속셈이었냐고 묻는 대신 웃어 보이자 도리어 돌팔이 영감이 꼬장꼬장한 성미를 드러내며 욕설을 뱉어 냈다. 웃는다는 이유만으로 이런 대우를 받아도 되나. 세상이 참 각박하다.

"튀어!"

여사님의 명령에 박 간호사가 액셀을 힘껏 밟았다. 차는 출발했고 뒤에서 매연을 들이마시며 돌팔이 영감이 고래고래 내 이름을 부르고 있었다. '제성'이라는 이름은 여러 사람이 일제히 소리를 지른다는 의미 외에도 크게 소리 내어 우는 소리를 뜻한다. 마치 돌팔이 영감이 지금 크게 우는 것처럼 소리를 지르듯이 말이다.

자신이 본 적 없다고 비스킷을 믿지 않는 고리타분한 양반이 뒤따라오지 않는 걸 확인한 뒤에야 박 간호사는 속도를 늦췄다. 두 사람이 눈을 마주치고 갑자기 깔깔거리며 웃기 시작했다. 실직하게 생긴 마당에 뭐가 그리 재미있는지 묻자 여사님이 꿀렁대는 배 위로 안전띠를 걸쳐 놓으며 대답했다.

"재밌다 못해 짜릿하기까지 한걸. 세상에! 내 입에서 튀어, 라는 말이 나오다니. 그런 말은 오십 평생 써 본 적이 없어."

"저도 이렇게 빨리 달린 거 처음이에요. 심장이 막 두근거리고 등줄기엔 소름이 돋는데, 이상하게도 쾌감이 있어요."

"저기요. 두 분 지금 병원에서 잘리기 직전이라는 절망을 극복하기 위해 애쓰는 중인 거죠? 현실도피 중인 거 맞죠?"

"몇 사람 몫을 해내는 나 같은 베테랑 일꾼을 잃은 병원이 손해야. 난 아쉬울 게 없다."

"저도요. 그동안 스카웃 제의 받은 곳이 몇 군데 있어서 그리로 옮기면 돼요."

일 잘하는 어른은 삶을 꾸려 가는 여유가 보통이 아니구나. 하긴 상자에서 나오라고 한 걸 보면 돌팔이 영감을 도발한 거니, 그때 이미 두 사람은 병원으로 돌아가지 않겠다는 결심을 굳혔던 건지도 모르겠다. 그제야 나도 겨우 긴장이 풀려 돌팔이 영감에게 한 방 먹인 무용담에 끼어들 수 있었다.

번화가로 들어서자 차가 밀렸다. 목적지는 아지트였다. 아지트에 가서 효진이와 덕환이를 만나 비스킷을 구할 방법을 다시 상의할 계획이다. 아지트를 한 블록 앞두고 여사님이 차창을 닫았다.

"제성아, 내가 왜 박 간호사한테 사과하라고 한 줄 아니?"

여사님이 의외로 뒤끝이 있나. 작전 지휘자가 꼰대로 빙의되는 건 싫은데. 봐줄 만한 어른들은 결정적인 순간에 꼰대가 되려고 해서 문제다.

"잘못했으니까?"

나는 대화하고 싶지 않다는 티를 팍팍 내며 설렁설렁 대답했다. 차창을 닫은 탓에 소음은 덜하지만, 내 몸에서 나는 냄새가 짙어져

참기가 힘들었다.

"악인은 자신만 옳다고 여기는 사람이기 때문이란다."

"제가 악인이라는 말씀이세요?"

"악인이 될 수도 있겠지. 적어도 너만 옳다고 생각한다면 말이다."

그동안 내가 저질러 온 소소한 범죄들을 두고 하는 말인지 아니면 지금부터 내가 할 일의 정당성을 지적하는 건지 헷갈렸다.

"비스킷을 도우려는 넌 악인이 아닐 게다. 반면에 복수를 하는 건 옳은 일은 아니지. 네가 왜 비스킷을 보게 되었는지 생각해 본 적 있니?"

비스킷을 보게 된 이유? 그러고 보니 깊게 생각해 본 적이 없다. 소리가 잘 들려서……는 단순한 접근일 테니 아닐 거고. 비스킷을 도와주라는 신의 계획이라면, 거창하다. 진짜 이유가 있긴 한 건가.

"내 생각엔 말이다. 네가 처음 비스킷을 보게 된 건 우연에 지나지 않는다고 봐. 아마 널 믿어 주지 않는 부모님 때문에 속상했겠지. 어린 마음에 너 자신도 비스킷이 될지 모른다고 두려웠을 테고. 복수는 네가 비스킷이 되지 않는 방법이었을 거야."

자신을 믿지 못하는 소외된 빛깔의 비스킷과 나를 무의식적으로 동일시했다는 말인가. 그래서 나 자신을 보듯 비스킷을 보아 온 거라는 의미. 그건 소리에 얽매여 비스킷을 보는 게 아니라는 뜻이었다.

"복수를 그만두면 제 병이 나을 거라고 보시는 거죠?"

"네가 생각해도 그럴 것 같지 않니?"

복수가 내 존재를 드러내는 행동이라면 이제 그만둬야 할 때인지도 모른다. 나는 복수를 하지 않더라도 내 존재를 지키는 법을 이미 알고 있으니까.

"아! 그리고 네가 정원에서 만난 비스킷 있잖니? 걔한테 얘기해 줘라. 존재감이 사라진 건 네 잘못이 아니라고."

진 스터디 룸 카페가 보이는 건널목 앞에서 나는 비밀 통로 탈출 작전 멤버들과 헤어졌다. 박 간호사가 꼭 성공하라며 행운을 빌어 줬다. 여사님은 악수를 청했다. 물컹물컹한 손에 단단히 힘이 들어가 있었다. 그러곤 출발하면서 냄새 빠지게 차창을 활짝 열라고 박 간호사에게 말했다. 안 들리게 말하고 싶었겠지만, 다 들렸다. 그래도 목욕하라면서 만 원을 쥐어 줬으니 마음 넓은 내가 관용을 베풀겠다.

어디선가 경찰차 소리가 들렸다. 아, 시끄럽다. 저 소음을 없애고 싶다. 마음속 어둠이 나를 유혹하지만 나는 노을빛 거리를 유유히 걸으며 앞으론 가슴 밑바닥을 빛으로 채워 보자고 마음먹었다.

진 카페 문을 열고 들어가자 효진이가 보였다. 다행이다. 건강해 보여서. 그간 내려앉았던 심장이 조금 부풀어 오르는 기분이었다.

"엥? 나왔어? 아니네. 환자복 입었네. 어? 냄새. 제성이한테 구린 내 난다."

목발을 짚고 효진이가 카운터에서 나오다가 코를 움켜쥐었다.

"안정 취해야 한다는 애가 뭘 알바냐."

"이게 뭔 대수라고. 얼른 자리 털고 일어나야지 않겠어? 그나저나 누나 문병하러 나온 것 같진 않고, 꾀죄죄한 몰골 보니 급히 도망쳐 나왔구나."

"못다 한 일 하러 가야지. 덕환이한테 연락해서 찜질방으로 옷 좀 가져다 달라고 해 줘."

입원할 땐 핸드폰을 맡겨 둬야 해서 연락할 방법이 없었다. 카페에 효진이가 없었다면 오늘 밤 만날 기회를 쉽게 얻지 못했을 거다. 찜질방으로 가려는데 효진이가 따라 나와선 쪽지를 건넸다.

"우리 팀 전화번호."

효진이가 눈을 찡긋하곤 안으로 들어간다. 쪽지를 펼치자 효진이와 덕환이 그리고 조제의 핸드폰 번호가 적혀 있었다. 나는 쪽지를 들고 찜질방으로 갔다. 목욕하고 난 뒤 찜질방에 설치된 공용 전화기로 조제에게 전화를 걸었다. 신호음 뒤로 나직한 조제의 목소리가 들려왔다.

"나야, 제성이."

대답이 없었다. 듣는 것과 겪는 것은 다른 걸까. 내가 강제로 정신 치료 센터에 입원하게 됐다는 걸 조제도 알고 있을 것이다. 놀이터에서 들었을 땐 실감하지 못했던 내 병을 지금은 직접 체감하게 되었는지도 모른다.

"어디야?"

"찜질방."

"팔자 좋다. 난 걱정하느라고 한숨도 못 자고 있는데."

이번엔 내가 말문이 막혔다. 안 본 사이에 조제는 사람을 설레게 하는 대화 기술을 익혔나 보다.

"할 말이 있어서 연락했어."

"말해."

"조금 전에 깨달았는데 내 존재감은 사회나 학교나 가족을 통해 생겨나는 게 아니더라. 난 비스킷을 찾아내는 걸로 세상에 필요한 사람이라는 인식을 만들었어."

"근데?"

"그러니까 내 말은 네가 존재감을 다 잃어서 세상에서 사라져도 내가 다시 찾아낼 거라는 뜻이야. 그러니까 마음 놓고 사라져도 돼."

"사라져도 된다고?"

"존재감이 사라지는 건 네 잘못이 아니잖아. 네가 사라져도 내가 찾아낼 거야. 찾아내서 너희 부모님께 네가 존중받을 만한 사람이라는 걸, 네 깊은 관심으로 부모님은 비스킷이 되지 않았다는 걸 알려 드릴 거야."

조제의 숨소리가 들린다. 홀쩍임도 들려온다. 조제의 마음이 내지르는 아우성이 아파서 나는 숨을 죽이고 가만히 있었다. 나는 듣는 걸 제일 잘하니까 잘하는 것으로 위로하는 수밖에 없다.

"넌 참…… 여전히 수다스럽구나."

잠시 뒤 울음을 그친 조제가 말했다.

"여기로 올래?"

내 말에 조제가 머뭇댔다. 그러곤 결심을 굳힌 듯 대답했다.

"아니. 지금은 안 갈래. 나 할 일이 생겼어."

조제를 당장 만나지 못하는 건 아쉽지만, 참기로 했다. 조제가 지금부터 하려는 일이 무엇일지 예상이 되니까.

"부모님께 말할래. 나 좀 봐 달라고. 나도 너무 힘들다고. 사실은 세상에서 사라질까 봐 무서워 죽겠다고. 목이 터질 때까지 말할래."

노력해서 얻은 관심은 일시적일까, 아니면 다른 관심을 불러와서 쭉 이어질까. 어쩐지 나는 후자일 것만 같다. 노력해서 얻는 것들이

진짜 값진 법이니까. 우리는 값진 것을 받아도 될 만큼 노력하고 있
으니 조제에게도 분명 좋은 결과가 있을 것이다.

"조제! 조제야!"

"왜 자꾸 불러?"

"진짜 이름이 뭐야?"

이야기를 나누기 전에, 조제에게 다가가기 전에, 이름을 아는 것
부터가 시작이다. 전화기 너머에서 조제가 슬며시 웃는 소리를 놓치
지 않았다.

"이지안. 앞으로 잘 부탁해."

내 가슴에 특별한 이름이 영원히 새겨진 순간이었다.

10
구출의 시끄러움

덕환이에게 부탁해서 찜질방 대기실에 맡겨 둔 옷으로 갈아입고 밖으로 나오자 덕환이가 로비에서 기다리고 있었다.

"병원에서 탈출했다며? 본격적으로 불량아의 길로 들어서려나 보네."

"이제 손 씻었어. 비스킷을 돕긴 하겠지만 복수 따위는 안 할 거야."

"병원이 아니라 절에 들어갔다가 왔네. 득도했어."

기특해하는 덕환이와 함께 아지트로 향했다. 효진이가 평상에 앉아 수박을 자르고 있다.

"아빠가 놓고 갔어. 나눠 먹으래."

여름의 절정에 먹는 수박은 달다. 달고 맛있으나 지금 우리가 수박이나 먹을 때인가? 뭐, 너무 빡빡하게 굴지 말자. 먹으면서도 계획은 충분히 짤 수 있다. 수박씨를 뱉으며 효진이가 들려준 이야기는 역시 내 친구들이군, 하고 무릎을 탁 치도록 만들었다.

내가 병원에 들어가 있는 동안 나의 어린이집 동창들은 마냥 손 놓고 있을 수 없어서 윗집 남자를 감시했다고 한다. 정확하게는 덕환이가 미행했고, 효진이는 코치를 했단다. 두 사람이 밝혀낸 바로는 윗집 남자는 무직이다. 재택근무 중이거나 프리랜서로 활동하는 게 아니라는 확신은 이틀간의 행적으로 충분했다.

윗집 남자는 낮엔 PC방에서 게임을 하고 밤엔 편의점에서 컵라면에 소주를 마신 뒤 귀가하는 패턴으로 일상을 소비하고 있었다. 귀가 시간은 각각 밤 열한 시와 새벽 두 시. 남자가 이틀 동안 큰 짐을 들고 나간 적이 없다는 사실만이 비스킷이 살아 있다는 유일한 단서였다.

"오늘은 몇 시에 들어올까?"

"대략 비슷하지 않을까?"

그렇다면 아직 두 시간 정도 여유가 있었다.

"작전을 짜 보자. 생각해 둔 아이디어 있는 사람?"

효진이가 손을 번쩍 들었다. 버리는 카드는 일찍 공개하는 게 낫다. 기대감 없이 첫 발표자로 지목하자 효진이가 득의양양하게 핸드폰 메모 앱을 켰다.

"밤낮으로 아이디어를 짰거든. 추리고 추려서 세 개로 압축했어. 우선 1번이 제일 쉽고 단순해. 열쇠 수리공을 불러서 문을 따고 들어가 비스킷을 찾는 거야."

"그거 이전에 불법이라고 안 하기로 한 거잖아."

"그건 그때고, 지금은 상황이 다르잖아."

"상황이 뭐가 달라?"

"내가 다쳤잖아."

유유상종이라더니만. 자기중심적으로 생각하는 게 어쩜 이리 나랑 닮았을까? 역시 내 친구다. 더는 계획을 듣고 싶지 않았지만 말릴 새도 없이 효진이가 계속 나불거렸다.

"1번이 별로면, 2번으로 가. 2번은 문어 자식을 집 밖으로 불러내는 방안이야."

"어떻게?"

"초인종을 누르면 나오겠지. 그럼 잠깐 밖에서 보자고 해. 현관문이 닫히기 직전에 자물쇠에 껌을 붙여 둬. 그럼 문이 안 잠길 테고 우리가 문어 자식을 빌라 밖으로 데리고 나간 사이에 투덜이가 들어가는 거야."

"덕환아! 효진이한테 영화 좀 그만 보라고 전해 줄래? 계획이 허무맹랑하단 건 네가 알아듣게 잘 설명해 주고."

"좋아. 그 의견은 인정. 근데 마지막 비장의 무기는 깔볼 수 없을 걸. 초인종을 눌러. 문어 자식을 불러내. 문어 자식을 덕 도령이 붙들고 그 틈에 내가 그물을 씌워서 꼼짝 못 하게 제압하는 거야. 그러고 나면 잘난척쟁이가 여유롭게 비스킷을 찾는 거지."

"토 달고 싶어서 하는 말인데, 덕환이가 문어를 붙들면 분명 문어가 반항하며 위협할 거란 말이지. 그럼 이 작전은 덕환이의 희생으로 완성된다는 거네."

"덕 도령도 기술 쓰면 되지. 얘 유도 유단자잖아."

"안 돼. 우린 폭력을 쓰면 불리해져. 비스킷을 구하더라도 남의 집에 무단으로 들어간 상황이 걸리게 될 때를 대비해야 해. 폭력까지 얹으면 강도와 다를 바 없어질 거야."

가만히 듣고만 있던 덕환이가 안경테를 한 번 추슬렀다. 안 되겠군. 내가 나서야 할 때군. 이런 감정이 고스란히 드러난 얼굴로 우리를 둘러봤다. 역시 우리는 모두 성향이 비슷하다.

"효진이가 낸 아이디어는 아주 독창적이었어."

얼씨구. 환장하겠다. 좋아하는 애라고 편 들어 주는 꼴이라니. 효진이는 덕환이의 칭찬에 만족한 듯 고개를 끄덕이고 있었다. 정말이지 눈꼴사납다.

"효진이 아이디어를 조금 더 발전시키면 좋을 것 같아. 이 작전에서 필요한 키워드는 '외출'이야. 우선 윗집 남자가 밖으로 나와야 문이 열리고 비스킷을 구하러 제성이가 들어갈 수 있어. 다음으로 고려할 키워드는 '보안'. 남자에게 우리 얼굴이 노출되면 결국 주거 침입죄로 신고당할 확률이 높아. 신분이 노출되지 않도록 하는 게 무엇보다 중요해. 마지막으로 필수 키워드는 '동기'야. 남자가 집 밖에 있어야 할 이유를 만들어 줘야 비로소 작전이 시작되는 거지."

효진이가 역시 브레인이라며 엄지를 척 들었다. 세 가지 조건을 모두 충족한 계획이 있냐고 묻자 덕환이가 씩 웃었다.

"소방관 코스프레."

화재 신고가 들어왔다는 명분으로 윗집 남자를 밖으로 나오게 하면 동시에 우리가 집 안으로 들어갈 수단도 생긴다. 방화복은 덮개가 달린 방화모와 장갑이 세트이므로 제대로 갖춰 입으면 얼굴과 지문이 찍힐 위험도 줄어든다. 또한 유니폼이 주는 권위로 윗집 남자를 압박할 수도 있다. 문제는 당장 어디에서 방화복을 구하냐는 것이다.

"특급 배송으로 주문해서 컨테이너 안에 뒀어."

이번엔 나도 양 주먹을 쥐고 엄지를 들어 올렸다. 대단하다, 류덕환. 모범생의 표본이다. 내가 손을 내밀자 덕환이와 효진이가 내 손을 겹겹으로 덮었다. 이제 파이팅만 외치고 성공의 기운이 넘치는 분위기 그대로 출동하면 되는데. 느닷없이 옥상 문을 열고 창성이 형이 들어왔다.

"오! 파이팅 넘치는 이 분위기 뭐야?"

다들 슬그머니 손을 내렸다. 덕환이가 천적을 피해 공을 챙겨 오겠다고 컨테이너로 들어갔다. 방화복이라고 하면 꼬치꼬치 캐물을 게 뻔해 둘러댄 듯했다.

"공? 야밤에 공은 왜? 혹시 너희 지금 비스킷 구하러 가려는 거야? 맞지?"

또 말해 줬냐는 불만으로 효진이를 째려봤다. 효진이가 볼을 복어처럼 부풀리곤 우는 표정을 짓는다. 말해 줬군. 의외로 사이가 좋은 사촌지간이다.

"나도 같이 가자. 방해 안 할게."

창성이 형이 핸드폰으로 촬영을 시작했다. 방금 방해하지 않겠다고 하고선 곧바로 방해꾼으로 변신이다.

"그래요, 형. 같이 가요. 이제 비스킷을 만날 때도 됐죠."

환호성을 지른 창성이 형이 라이브 방송을 하는지 핸드폰에 대고 "비스킷을 만나러 함께 가도 좋다는 허락을 받았습니다."라고 상황을 설명했다. 웃어 넘길 힘도 없으니 기운이 떨어지기 전에 컨테이너로 들어갔다. 안에선 덕환이가 방화복이 든 택배 상자 안에 고무공을 채워 두고 있었다.

"효진이 데리고 먼저 나가. 오 분 뒤에 뒤따라갈 테니까 택시 잡고 기다리고 있어."

"민폐꾼, 달고 오면 죽는다."

"달고 가면 우리가 망해."

천적을 제거하기 위한 흉계를 모의하고 컨테이너를 나갔다. 뒤따라 나온 덕환이가 택배 상자를 엘리베이터 앞으로 옮겼다. 창성이형이 그게 뭐냐고 카메라를 들이밀자 슬쩍 고무공을 보여 주며 아저씨 부탁으로 창고로 옮겨 두려던 참이라고 능쳤다.

"형이 대신 옮겨 줄래요?"

덕환이가 넌지시 부탁하자 귀찮다며 창성이 형이 상자로부터 떨어졌다. 천적의 습성을 아주 잘 파악하고 있는 조치이다. 일 층에 상자를 두고 온 덕환이가 곧바로 평상에 놓인 수박을 챙겨 들었다. 어디에 둬야 할지 알려 달라고 하자 효진이가 따라오란다. 눈치는 역시 좋은 편이다. 문제는 창성이 형도 눈치가 빠르다는 거다.

"동작 그만! 둘이 어디가?"

수상한 낌새를 느낀 창성이 형이 둘을 부르고 있다.

"형! 오늘의 주인공, 비스킷을 보는 자가 여기 있잖아요. 뭘 걱정해요?"

"그치, 나한텐 우리 동생만 있으면 되지. 저것들은 필요 없어. 근데 병원에서 언제 나온 거야?"

창성이 형이 관심을 돌린 새 두 사람이 옥상을 내려갔다. 이제 오분 안에 나만 빠져나가면 된다. 나는 병원 탈출 소동을 늘어놓다가 통화 좀 해야 한다고 핸드폰을 빌렸다. 창성이 형은 고작 전화 통화로 뭘 어쩌겠어, 하는 안심한 표정으로 핸드폰을 주었다. 통화를 시도하는 척, 걸으며 옥상 구석으로 갔다. 밑을 내려다보니 카페 앞에 택시가 대기하고 있다.

"형! 고마워요."

나는 평상에 앉은 창성이 형에게 다가가며 말했다.

"핸드폰은?"

"아! 맞다. 핸드폰. 통화하고 저기다 뒀네요."

핸드폰은 난간에 아슬아슬하게 걸쳐져 있었다. 일부러 두고 온 거라는 걸 의심조차 하지 않는 창성이 형이 떨어지면 어쩌려고 그러냐면서 핸드폰을 구하러 후다닥 달려갔다. 핸드폰에 정신이 팔린 틈을 놓치지 않고 나는 문으로 뛰어갔다. 창성이 형이 핸드폰과 나 사이에서 우왕좌왕 하는 소리가 뒤에서 들려왔다. 엘리베이터는 일 층에 있었다. 기다리면 잡힐 수 있어서 계단을 뛰어서 내려갔다.

택시에 타자마자 숨을 몰아쉬며 빌라 주소까지 발설했냐고 효진이에게 따져 물었다. 조수석에 탄 덕환이가 목발을 옆으로 치우는 효진이를 대신해 변명했다.

"주소는 말 안 했대."

"다들 핸드폰 꺼 놔. 미친 듯이 연락 올 거야."

풀죽은 효진이가 순순히 핸드폰 전원을 껐다. 차창 너머로는 도시의 불빛들이 반짝였다. 지안이는 지금쯤 가족들과 대화를 하고 있을까. 비스킷에서 벗어났을까. 아니면 그대로일까. 지안이 생각에 빠져 있는 동안 어느새 택시가 빌라에 도착했다.

한밤의 빌라는 고요했다. 우리는 우선 이모 집으로 갔다. 그런데 초인종을 여러 번 눌러도 인기척이 없었다. 설마 외박인가. 비밀번호를 누르고 들어가니 집 안이 캄캄했다. 빨리 들어오시라고 연락하고 싶어도 핸드폰이 없어서 할 수가 없었다. 비스킷을 구한 뒤 이모에게 신고를 맡기려고 했는데, 처음부터 계획이 틀어졌다.

"책임 소재를 떠넘기지 않으려면 어른이 안 끼는 게 나을 수도 있어."

덕환이의 말은 일리가 있었다. 이모가 얽히게 되면 어른이라는 이유만으로 우리를 조종했다는 누명을 쓸 수도 있었다. 아동 학대

신고는 우리가 해도 된다. 마음을 다잡으며 방화복을 꺼내려고 상자를 열었다. 그런데 안에 야구 방망이도 들어 있었다.

"애착 방망이야? 이걸 왜 들고 왔어?"

"혹시 위험한 상황이 생기면 유용하게 쓰일 듯해서."

그 말에 자동으로 각자의 역할이 정해졌다. 나는 집으로 들어가는 소방관 역할. 덕환이는 화재 확인을 핑계로 남자에게 계속 말을 시키는 역할. 효진이는 방화문 앞에서 망을 보다 여차하면 야구 방망이로 세계를 구하는 역할.

덕환이가 치수까지 딱 맞춘 방화복을 나눠 줘서 갈아입었다. 효진이는 깁스한 다리 때문에 작전에서 빠지라고 할까 봐 도와 달라는 말도 없이 낑낑대며 혼자 방화복에 다리를 넣었다. 그냥 두고 볼 리 없는 덕환이가 얼른 방화복을 갖춰 입고 효진이를 도왔다. 나는 방화모를 요리조리 움직이며 머리에 맞춰 보았다. 방화모를 착용하자 덜컥 불안함이 휘몰아쳤다.

"우리 계획 말이야. 왠지 심하게 단순한 것 같기도 해. 성공할 수 있을까?"

덕환이가 두툼한 장갑을 낀 손으로 내 어깨를 두드렸다.

"유죄를 받은 죄수들은 두 분류로 나뉜대. 속죄하는 쪽과 주도면밀하지 못했던 걸 후회하는 쪽. 후회하는 쪽이 압도적으로 많대. 하지만 실은 그들이 주도면밀하지 않았던 게 아니라 상황이 변수로 인해 자꾸 변해서 대처를 못 한 거야. 나는 후회하고 싶지 않아. 속죄도 안 할 거고. 대신 변수에는 빠르게 대처할 거야. 그러니까 일단 부딪치면서 가자."

아지트에서 못다한 파이팅을 외치고 우주인처럼 경중경중 걸으며 이모 집을 나왔다. 현관문을 활짝 열어 두고선 계단을 이용해 삼 층으로 올라갔다. 효진이는 덕환이가 부축하고 나는 방화문 고정쇠를 확인했다. 남자가 쫓아올 때를 대비해 닫으려고 했는데, 무게감 때문에 포기하기로 했다.

"준비됐지?"

덕환이가 주머니에서 고무공을 꺼내 효진이에게 건네줬다. 효진이는 목발을 방화문에 세워 두곤 야구방망이를 휘둘러 보였다. 덕환이가 효진이의 방화모를 쓰다듬으며 다정하게 미소 지었다.

"다치지 마."

분위기를 망치고 싶어서 헛기침했더니 덕환이가 뒤돌아보곤 활짝 웃었다. 효진이는 방금 덕환이가 자신에게 마음을 고백한 것도 모르고 "안 다쳐. 안 다쳐." 이런 말이나 하고 있다.

방화문 뒤에서 효진이는 야구방망이를 든 채 대기하고 덕환이와 나는 301호 앞에 섰다. 초인종을 누르는 예의는 지키지 않았다. 남자가 나올 때까지 주먹으로 문을 쾅쾅 두드렸다.

"누구야?"

남자가 소리치며 문을 벌컥 열었다.

"실례합니다. 화재 신고가 들어와서요. 협조 부탁드립니다."

남자가 불 안 났는데요, 하고 말하면서 옆구리를 긁었다. 그래도 신고가 들어온 이상 확인해야 한다고 하자 남자가 짜증이 역력한 채로 현관문을 등으로 밀며 옆으로 비켜섰다. 덕환이가 남자에게 이것저것 물으며 곁눈질로 내게 들어가라는 표시를 했다. 나는 최대한 고개를 떨구고 남자를 지나쳤다. 내가 막 현관으로 들어가려고 할 때 남자가 내 어깨를 붙잡았다.

"잠깐! 너, 며칠 전에 경찰에 신고한 놈이지?"

계획대로 안 되는 게 인생이랬나. 적어도 우리한테는 그랬다. 예상치 못하게 눈썰미가 좋은 남자가 날 알아보고 으르렁대자 당황한 효진이가 방화문 뒤에서 절뚝대며 뛰쳐나왔다. 야구 방망이를 치켜든 효진이를 남자가 쏘아봤다.

"이것들이 어른을 놀리나! 가만히 넘어가 주니까 내가 만만해 보여?"

"들어가!"

덕환이가 외치며 씨름하듯 남자의 허리를 붙잡았다. 현관문이 남자의 등에 밀려 활짝 열렸다.

"뭐야? 이거 안 놔?"

불시에 당한 남자가 덕환이를 떼어 내려고 했다. 뒤로 밀고 옆으로 몸을 돌려도 덕환이는 이를 악물고 버텼다. 남자의 허리를 놓치는 순간, 계획이 물거품이 될 걸 알기 때문이다.

이제 내 차례다. 나는 두 사람의 옆을 빠르게 지나쳐 집 안으로 들어갔다. 곧장 작은방으로 가서 문을 잠갔다. 비스킷은 보이지 않았다. 나는 비스킷의 작은 숨소리를 느껴 보려고 방화모를 벗고 귀에 온 신경을 집중했다. 아무런 소리도 들리지 않았다. 제발 기적이라도 좀 내 주길, 간절히 바랐다.

다시 눈을 감았다. 내 숨소리가 방해될까 봐 숨을 참고 귀를 기울였다. 소리가 들리지 않았다. 설상가상으로 현관에서는 남자가 고래고래 소리를 지르고 있었다.

"이 새끼들! 너희 또 애 찾으러 온 거지? 애 없다니까!"

남자가 덕환이의 등을 주먹으로 때리는 소리가 또렷하게 들려왔다. 내가 대신 맞고 싶은 심정이지만 내겐 나만의 할 일이 있었다.

생각을 정리해 보자. 왜 비스킷은 보이지 않는 걸까? 3단계여서? 아니다. 소리조차 들리지 않는 걸 보면 스스로 존재를 감추고 있는 거다. 비스킷은 숨죽이며 사는 것에 익숙할 터다. 왜? 저 남자에게 들키지 않으려고.

이전에 우리가 다녀간 뒤로 남자는 작은방으로 들어와 비스킷을 찾으려고 했을 것이다. 보이지 않으니 여기저기를 손으로 만지며 형체를 감지하려고 했을 거다. 비스킷은 작은방이 더는 안전하지 않다는 걸 깨달았을 것이다. 그럼 어디로 피했을까?

나는 작은방을 나와 주위를 둘러봤다. 비스킷은 남자의 행동반경을 벗어난 곳에 있을 확률이 높았다. 안방, 화장실, 주방, 거실, 현관은 남자가 언제든 사용할 수 있는 장소이다. 잘 사용하지 않을 만한 곳은 다용도실뿐이다.

다용도실로 나가자 창문이 열려 있다. 불어오는 바람 사이로 얼핏 기척이 느껴졌다. 낯선 사람의 방문에 비스킷이 고개를 든 것이다. 나는 장갑을 벗고 무릎을 꿇었다. 비스킷이 몸을 살짝 움직이자 들려온 아주 작은 소리를 따라서 손을 가만히 뻗었다. 베란다 구석에서 흑, 하고 희미한 흐느낌이 들린 것과 동시에 내 손이 비스킷의 손에 닿았다.

드디어 비스킷을 찾았다. 비스킷의 소리를 인지할수록 다른 소음들은 점차 뒤로 밀려났다. 어림짐작으로 몸이 있을 만한 곳을 토닥여 비스킷을 살포시 안았다. 작디작은 몸이 따뜻했다.

"무서웠지? 안전한 곳으로 데려가 줄게."

나는 비스킷에게 이제야 찾아와서 미안하다고, 그동안 숨죽인 채 지내느라 힘들었을 거라고, 차가운 다용도실에서 그만 나가자고 말했다.

자존감은 자신과 타인을 얼마나 믿느냐를 보여 주는 지표이다. 자신으로부터 더는 도망치지 않는 길이 위험에서 자신을 보호하는 일이라는 걸 본능적으로 깨달은 비스킷이 점차 존재를 드러냈다. 아주 희미하게 어린 여자아이가 보였다.

나는 비스킷을 조심스럽게 업었다. 손아귀에 느껴지는 건 뼈뿐이다. 뼈를 어르며 내가 느낀 감정은 정의감도, 연민도 아니다. 인간으로서 느끼는 참담함이었다. 얼마나 오래 학대한 걸까. 얼마나 오래 학대당한 걸까. 참담함이 분노로 변하여 나도 모르게 손에 힘이 들어갔다. 금방이라도 부스러질 것 같은 비스킷이 서서히 내 등에 기대어 왔다.

비스킷을 업고 현관으로 가자 덕환이가 남자의 허리를 안은 채 두들겨 맞는 모습이 보였다. 방화복은 반쯤 벗겨졌고 방화모는 바닥에 나뒹굴고 있었다. 복도 끝에선 효진이가 입술을 깨물며 울었다. 폭력을 써선 안 되기에 덕환이를 도와주지 못하고 보고만 있자니 억울함과 안쓰러움이 복받쳐 오른 듯했다.

"너 이 새끼, 집에서 뭐 했어?"

나를 발견한 남자가 소리를 질렀다. 덕환이는 고개를 틀어 나를 올려다봤다. 누군가를 업고 있는 듯한 자세를 보고 눈으로 묻고 있었다. 비스킷을 찾았냐고. 나는 힘주어 고개를 끄덕였다.

　내가 비스킷을 업고 집을 나가자 남자가 욕설을 퍼부어 대며 허리를 비틀고 내게 손을 뻗었다. 남자에게는 비스킷이 보이지는 않지만 내 자세로 보아 무슨 일이 일어나고 있는지 대충 예상이 됐을 것이다. 무섭게 뻗쳐 오는 남자의 팔을 덕환이가 잡으며 제지했다. 나는 그사이 복도 끝까지 아이를 업고 달렸다. 효진이가 고무공을 쥔 손으로 눈물을 닦았다.

　“성공이야?”

　“응. 성공이야.”

　“다행이다.”

　효진이가 훌쩍이며 말했다. 내가 계단을 다 내려가자 그제야 효진이가 방화문을 주먹으로 쾅 쳤다. 덕환이에게 돌아오라는 신호를 보낸 거다. 그러곤 끼익, 하고 방화문이 닫히는 소리가 들리다 말았다. 효진이가 야구 방망이를 방화문에 끼워 둔 것 같았다. 덕환이가 남자를 밀쳤는지 가볍게 쿵 소리가 난 뒤 복도를 뛰는 발소리가 들렸다. 곧이어 방화문이 쾅 하고 닫혔다.

　“안겨.”

"뭐어어?"

경악한 효진이의 목소리에 이어 야구 방망이를 내던지는 소리가 들린다.

"빨리! 부축할 시간 없어."

가벼운 비스킷과 달리 근육으로 탄탄한 소녀를 업고 계단을 내려오는 일은 계단을 굴러 저세상으로 손잡고 가도 좋다는 계약과 같다. 자빠지지 않으려면 덕환이가 효진이를 '공주님 안기' 하는 수밖에 없긴 했다.

홋차! 으익! 하는 두 사람의 목소리가 번갈아 들리고 신중하게 내딛는 발소리에 신경이 곤두섰다. 속도가 느리다. 벌써 방화문을 여는 소리가 들려왔다. 그사이 나는 이모 집으로 들어가 비스킷을 거실 소파에 앉혀 두고 현관문 고정쇠를 풀어 뒀다. 그러곤 집 앞에서 초조하게 덕환이와 효진이를 기다렸다.

마침내 두 사람이 복도에 막 나타났을 때 남자가 울그락불그락 달아오른 얼굴로 바싹 뒤쫓아오는 게 보였다. 남자의 손이 덕환이의 어깨에 닿을락말락 하는 순간, 남자의 얼굴에 고무공이 정면으로 날아들었다. 효진이가 던진 고무공이 연달아 두 번이나 얼굴을 맞히자 남자가 주춤하며 속도가 느려졌다. 바닥에서 고무공이 통통 튀어 올랐다. 숨 가빠 보이는 덕환이가 남은 힘을 짜내 현관문으로 돌진했다.

슬라이딩하듯 골인한 것과 동시에 잽싸게 현관문을 닫았다. 그런데 문이 닫히지 않았다. 간발의 차로 남자가 발을 들이민 것이다. 손잡이를 힘껏 잡아당기며 문을 열고 들어오려는 몸부림을 막아 봤지만, 내 근력으론 역부족이었다. 현관문이 벌컥 열렸다. 효진이가 고무공을 잇따라 던지다가 남자에게 손목을 붙잡혔다. 도와주려던 나는 고무공을 밟으며 중심을 잃었다.

위기를 스스로 벗어날 줄 아는 강인한 효진이가 태권도장에서 같이 배운 호신술로 남자의 손아귀에서 자유를 되찾았다. 그러나 통깁스한 다리 때문에 더 피하지 못하고 곧바로 머리채를 잡혔다.

"어딜 감히! 함부로! 잡아!"

덕환이가 분노가 실린 고함을 내지르며 뛰쳐나오더니 유도 방어 기술로 남자의 손을 쳐냈다. 그 바람에 남자는 효진이의 머리채를 놓치며 휘청댔다. 덕환이는 틈을 주지 않고 오른발을 남자의 왼발 쪽으로 깊게 들이밀었다. 뒤이어 밀어내는 동작을 선보이며 다른 발로 따라 들어가 메치기를 시전했다. 남자가 바닥에 쓰러졌다. 보기만 해도 몸서리쳐질 만한 공격 기술이었다. 덕환이는 여전히 부아가 치미는지 남자에게 일어나라고 채근했지만 끙끙대는 꼴을 보니 단박에 일어나긴 어려워 보였다.

남자가 기운을 차리기 전에 문을 얼른 닫았다. 그제야 긴장이 풀린 듯 효진이가 거실 바닥에 대자로 누웠다. 덕환이도 털썩 주저앉았다가 효진이 옆에 쓰러지듯 드러누웠다. 효진이가 고개를 모로 돌려 덕환이를 쳐다봤다. 숨을 몰아쉬면서 덕환이가 "난 괜찮아. 괜찮아." 하는 말을 반복했다. 효진이가 괜찮냐고 물을 걸 알고 미리 하는 대답이다. 덕 도령 좀 멋있다.

"아까 엄청나게 맞던데. 참을 만하디?"

"비스킷의 목숨이 달린 일이었잖아. 참고 말고 할 것도 없지."

덕환이가 자리에서 일어나 앉았다.

"그런데 폭력은 안 된다며. 아까 그 메치기는 뭐냐?"

"정당방위야, 그건."

덕환이의 대답과 동시에 현관문을 발로 차는 소리가 났다. 벌써 일어난 듯 남자가 문을 부술듯이 차면서 당장 나오라고 괴성을 지르고 있었다.

"비스킷은?"

나는 소파에 기대어 누운 비스킷의 머리를 어루만졌다. 덕환이와 효진이는 내 손길에 시선을 집중했다. 아무래도 아직 보이지 않는 모양이다. 말을 하면 순간적으로 존재감이 드러나서 보일 테지만 지금은 입을 열 힘조차 없어 보였다.

경찰에 신고하려고 해도 도착 전에 비스킷이 보이지 않으면 낭패였다. 우리가 왜 윗집에 무단으로 침입했는지 이해시킬 수 없을 것이다. 비스킷이 뭔가 먹는 것도 위험했다. 오랫동안 아무것도 먹지 못한 상태여서 함부로 음식을 줄 수도 없는 노릇이다.

덕환이가 안경을 고쳐 쓰며 허공을 뚫어지게 바라봤다. 효진이를 찾아냈을 때처럼 비스킷을 알아보려고 하는 거다. 하지만 덕환이의 시력은 이제 예전처럼 좋지 않았다. 차라리 효진이가 보는 편이 나은 정도다.

효진이는 보는 대신 눈을 감았다. 그러곤 킁킁거리면서 코를 벌름거렸다. 지난번 지안이에게 써먹었다가 실패한 기술을 자신을 짝사랑하는 남자애 앞에서 또 선보일 모양이다. 환상이 깨졌나 싶어 덕환이를 돌아보니 효진이를 여전히 사랑스럽게 바라보고 있었다. 콩깍지가 단단히 씌었다는 건 이럴 때를 두고 하는 말인가 보다.

사방으로 킁킁대던 효진이가 점점 소파로 다가왔다. 소파 근처에서 계속 냄새를 맡더니 어느 순간 눈을 번쩍 떴다.

"아기 냄새."

효진이가 비스킷의 체취를 확인한 순간, 투명하던 비스킷의 몸이 흐릿하게 비치기 시작했다. 효진이는 눈앞에 나타난 비스킷을 보면서 아! 하는 감탄사를 흘렸다. 다른 말은 없었다. 그저 비스킷을 아름다운 보물을 보듯이 바라보기만 했다.

어쩌면 비스킷의 형체가 흐리게라도 나타난 건 '아기'라는 말 때문인지도 모른다. 사람은 본능적으로 갖지 못한 것을 바라고 그 바람이 이뤄졌을 때 만족감에 자신감이 올라간다. 비스킷이 가지고 싶었던 건 자신을 아기처럼 보호해 주는 누군가와, 사랑받을 가치가 충분하다는 믿음이 아닐까.

"있잖아. 넌 사랑받을 자격이 충분해."

비스킷이 고개를 들어 나를 마주 보았다. 내가 한 말은 진심이다. 비스킷은 불쾌하고 고립된 세상에서 아주 꿋꿋하게 버텨 냈다. 그건 비스킷이 가진 고유한 성향에서 말미암은 것이다. 튼튼하고 단단한 마음이 지금까지 삶을 잇도록 했다.

"나도 그렇게 생각해. 넌 아주 소중한 사람이야. 아기 냄새가 이렇게 좋은 걸 보면 분명 목소리도 예쁠 거야."

효진이가 거들었다. 분위기를 파악한 덕환이가 비스킷이 세상에 선명하게 모습을 드러낼 수 있도록 설득하는 작업에 합류했다. 우리는 그간의 일들이 네 잘못이 아니라는 말과 우리가 널 지켜 주겠다는 말을 계속 들려주었다. 비스킷은 눈을 끔벅이며 우리가 하는 말들을 가만히 듣고 있었다. 오늘 밤을 새우더라도 더는 목소리가 나오지 않을 때까지 비스킷을 포기하지 않을 작정이다.

"누구세요?"

그때, 문을 차는 소리에 이모의 목소리가 덧입혀졌다. 뒤이어 우당탕거리며 뛰어오는 소리도 들렸다.

"그쪽은 또 누구세요?"

"저는 제성이 친구의 사촌오빠입니다."

창성이 형의 목소리가 들리자 우리 세 사람은 실소를 터뜨렸다. 어떻게 알고 찾아왔는지 궁금하기보다 창성이 형이면 어떻게든 찾아왔겠구나 싶은 마음이 더 컸다.

"근데 지금 촬영하시는 거예요?"

"아, 예."

"허! 참나. 그쪽은 301호죠? 남의 집 문은 왜 차고 있던 거죠?"

남자가 웅얼웅얼 설명하다가 갑자기 욱하며 이모와 실랑이를 벌였다. 문을 열라고 노골적으로 협박도 했다. 이모가 경찰에 신고하는 목소리가 들렸다. 경찰이 올 때까지 문은 못 연다고 버티는 이모와 당장 들어가야 한다고 우기는 남자 사이로 창성이 형의 목소리가 끼어들었다.

"이모님. 아무래도 안에 제 사촌동생이랑 제성이도 있는 거 같거든요. 소동으로 봐서 누군가 다쳤을지도 몰라요. 저도 있고 곧 경찰도 올 테니 안으로 들어가 보시는 게 좋을 것 같아요."

이대로면 곧 현관문이 열릴 것이다. 아직 완전하게 존재를 드러내지 못한 비스킷을 우리가 과연 보호해 줄 수 있을까? 대책을 세우기도 전에 현관문이 불쑥 열리고 어른들이 우르르 몰려 들어왔다.

이모가 거실에 모여 있는 우리를 보고 윗집 남자의 말이 사실이라는 걸 깨닫는 순간, 창성이 형이 우리가 감싸듯 지키고 있는 소파 쪽으로 핸드폰을 들이댄 바로 그 순간, 천천히 비스킷의 윤곽이 또렷하게 드러나고 온몸이 선명해졌다. 모두 너무 놀란 나머지 입을 다물지 못했다.

"아빠는 나빠. 언니 오빠들은 내가 소중하댔어. 근데 아빠는 나보고 죽으라고 했어. 그런 나쁜 말은 하면 안 돼. 나는 안 죽을 거야."

작고 마른 아이가 윗집 남자를 보고선 떨리지만 분명한 목소리로 또박또박하게 말했다.

빌라 밖에서 경찰차의 사이렌 소리가 들려왔다.

에필로그

"일어났네. 밥 먹을래?"

거실에서 엄마가 한 손에는 리모컨을, 다른 손에는 핸드폰을 쥔 채 홈쇼핑 방송을 보고 있다. 내게 말을 걸긴 했으나 시선은 쇼호스트가 든 화장품에 꽂혀 움직이지 않는다. 쇼호스트는 자체 테스트를 해 본 결과 이 제품을 사용하면 즉각적인 리프팅 효과를 볼 수 있다며 자신의 양 볼에 크림을 문지르고 있다.

"엄마가 바르면 십 년은 젊어 보이겠지? 가격도 싸. 육 개월 무이자 할부도 된대고. 무료 샘플 써 보고 피부에 안 맞으면 환불 받을 수도 있어."

주름이 자글자글한 엄마의 눈가를 보면서 진실을 말해 줄지 잠시

고민했다. 진실을 듣게 된다면 엄마는 적어도 사흘은 이불을 뒤집어쓰고 누워 있을 것이다. 밥도 안 차려 줄 테고.

나는 크림을 아무리 발라도 십 년은 고사하고 십 일도 젊어지진 않을 거라는 진실로 직진하는 대신 우회로로 돌아갔다.

"어제 택배 온 것도 크림 아니었어요?"

"그건 나이트용이야. 저건 리프팅용이고. 성분이 다르잖아. 저 성분은 피부 진피층부터 탄력을……."

쇼호스트에게 삼십 분 동안 세뇌당한 멘트를 엄마가 술술 읊었다. 엄마는 물건을 주문해야 하는 정당한 명분을 스스로에게 설득하고 있다. 중독자에게 흔히 벌어지는 현상이다. 어제 도착한 택배도 아직 포장을 뜯지 않은 상태로 보아 엄마의 쇼핑 중독은 중증이다. 뭐, 그래도 상관없다. 나에 대한 스트레스를 그렇게라도 풀어야할 테니까.

학대당한 비스킷을 구한 그날 밤, 경찰이 남자를 연행해 간 뒤 우리도 경찰차 뒷좌석에 나란히 타게 되었다. 죄목은 주거 침입죄와 공무원 사칭죄. 그리고 폭행죄이다. 정의 구현을 했는데 벌을 주겠다니. 실로 억울했지만 변명은 통하지 않았다. 더욱이 내가 병원을 무단으로 탈출했다는 사실마저 밝혀져 위험 수위가 올라가 있었다.

부모님들이 경찰서로 불려 와 변호사를 부르고, 윗집 남자와 합의를 보고, 선처를 호소하는 수고스러움을 거친 뒤에야 우리는 풀려났다. 초범이고 윗집에 난입한 동기가 학대 아동을 구하겠다는 선의였다는 게 참작돼 훈방 조치를 한 거라면서도 다신 사고 치지 말라고 담당 경찰이 훈계를 늘어놨다.

효진이는 아저씨에게 귀를 붙잡힌 채 집으로 돌아갔다. 귀가 아프다고 살살, 살살 하며 엄살을 부리던 효진이가 나와 눈이 마주치자 손가락으로 브이 자를 그렸다. 자신은 걱정 말라는 표시였다. 덕환이 부모님은 경찰서에 들락거리는 부정 타는 일이 더는 생기지 말아야 한다며 덕환이에게 굵은 소금을 뿌리고 두부 한 모를 내밀었다. 모범생인 덕환이는 주먹보다 큰 두부를 꾸역꾸역 다 먹은 뒤에야 잔소리에서 벗어날 수 있었다. 나는 어땠냐고? 예측한 일과 예상치 못한 일이 연달아 일어났다고 말할 수 있겠다.

예측한 일은 활화산처럼 분출된 아버지의 노여움이었다. 아버지는 나를 보자마자 마그마처럼 뜨거운 말들을 쏟아 내며 내 전의를 형체도 알아볼 수 없도록 완전히 녹였다. 나는 아버지의 뜻에 따라 당장 병원으로 돌아가 한 학기를 몽땅 바쳐 치료를 받아야 했다. 이후에는 미국 동부 어디쯤으로 유학을 떠나라고 했다. 대폭발을 일으킨 와중에도 아버지는 미국이 의료비가 비싸다는 걸 인지했나 보다. 치료는 받고 떠나라는 걸 보니까.

아무튼 내 미래는 단단해지기는커녕 흐물흐물해져 무너지기 직전이었다. 변명도, 선처 요청도 화산재로 뒤덮여 보이지 않았다. 그때 예상치 못한 지각 변동을 일으킨 건 엄마였다. 엄마가 분연히 자리에서 일어나 결혼반지를 손가락에서 빼냈다. 그러곤 아버지와 나 사이에 발생한 균열 속으로 반지를 냅다 던져 버렸다.

"당신은 우리 아들을 미국에 보낼 자격이 없어! 멋대로 결정할 거면 당장 이혼해!"

무게감을 실은 박력에 아버지가 당황한 표정을 숨기지 못한 채 엄마를 쳐다봤다. 나도 마찬가지였다. 아버지의 숱한 잘못에도 엄마가 먼저 이혼 얘기를 꺼낸 적은 단 한 번도 없었다. 그간 두 분이 이혼할 거냐고 스스럼없이 물을 수 있던 것도 엄마의 성격을 파악하고 있어서였다.

그런데 나 때문에 이혼이라니. 아니, 나를 위해서 이혼을 하겠다니. 충격을 넘어 감탄이 다 나왔다.

아버지가 포커페이스를 잃고 입을 뻐끔대는 와중에 엄마는 내 손을 단호하게 붙잡은 채 택시를 탔다. 홀로 남겨진 아버지는 그날 집으로 돌아오지 않았다. 다음 날도 오지 않더니 벌써 한 달째다. 물론 사흘 뒤에 해외로 장기 출장을 갔다는 소식을 전해 듣긴 했다. 그러나 가타부타 연락조차 없으니 오늘도 엄마는 답답함과 스트레스를 홈쇼핑으로 날리려고 하는 거다.

거대한 하마가 되어 가는 엄마가 상품 설명을 마치고 내 반응을 기다린다. 어때? 이 정도면 사도 될 것 같지, 하는 눈빛으로. 자기변명의 과정이니 반대해도 달라지는 건 없다. 그럴 바에야 서로 마음 편하도록 긍정하는 게 상부상조다.

"그런 판타스틱한 성분이라면 사는 게 좋을 거 같아요."

동의를 얻은 엄마가 비로소 미소를 지으면서 핸드폰으로 상담 신청을 한다. 이미 사기로 마음을 굳혔으니 자동 주문을 해도 될 텐데 굳이 상담을 받는 것은 혹시 모를 제품의 하자를 체크하려는 합리적인 소비자여서가 아니다. 엄마는 상담사를 상대로 대화를 하고 싶어 한다. 제품 효과에 의문을 표하면 상담사가 들려주는 정보성을 더한 공감 어린 말들을 상냥한 어투로 듣고 싶은 것뿐이다. 그건 엄마의 취미라고 해야 하나, 외로움이라고 해야 하나, 그도 아니면 주문하기 위한 일종의 의식 정도 되려나. 아무튼 말이 통하지 않는 인간 둘과 살고 있는 탓에 언제나 말이 고픈 엄마가 늘 하는 일이었다.

샤워를 하고 나오자 그동안 상담사와 통화를 끝냈는지 엄마는 양파를 썰고 있다. 손으로 자꾸 눈가를 훔친 탓에 주위가 빨개졌다. 엄마는 샐러드 소스를 배합하면서 펑퍼짐한 엉덩이를 분주히 움직인다. 뒷모습이 안간힘을 쓰며 세상을 버티고 있는 거인과 같아 보여서 나는 조금 울고 싶어졌다.

엄마가 환하게 웃었던 적이 언제였더라.

도통 떠오르지 않는 기억을 찾아내려고 애쓰면서 엄마에게 관심을 기울였다.

"리프팅용 크림은 사셨어요?"

"안 샀어."

"왜요? 바르면 십 년은 젊어지실 텐데요."

마음에도 없는 말이 술술 나온다. 엄마는 내 말을 들었으면서도 생각은 딴 데 가 있는 것 같다. 그러다 불쑥 생각난 듯 말한다.

"의미가 없는 것 같아서."

아! 아버지한테 예쁘게 보여야 하는데, 당사자가 가출했으니 그럴 필요가 없다는 건가. 부부 사이를 갈라 놓고도 나를 위해 이혼한다고 철없이 신나 한 과거가 부끄럽다. 원래도 불효했는데 이젠 공식 불효자식 마크라도 달아야 하려나.

"이제 근본적인 걸 바꿀 거야. 엄마, 발레 다시 하려고 해."

"갑자기 왜요?"

"급작스럽게 결정한 건 아니고, 지난 며칠간 이모랑 상의한 거야. 이모도 콜레스테롤 수치 때문에 운동해야 한다고 하더라. 같이 해 보려고."

"살 빼시려고요?"

엄마도, 이모도 심지어 여사님도 둥글둥글한 체형이 오히려 사랑스러웠으므로 나는 조금 아쉬웠다.

"살이야 빠지면 좋지. 근데 목적은 건강이야. 이래 봬도 엄마가 대학 전공이 발레잖아. 지금은 하마같이 통통하지만 뭐 어떠니. 옛날 잘나갈 때 추억하면서 재미있게 체력 다지려고 해."

드디어 엄마가 자신을 사랑하는 방법을 찾았나 보다. 남들의 시선에 구애받지 않고 원하는 일을 하는 것. 엄마는 당당한 게 잘 어울린다. 이 사실을 빨리 아버지에게 알려 줘야 하는데. 아버지는 대체 어디에서 뭘 하고 계신 걸까? 아직도 화났나? 가족은 따뜻한 밥을 같이 든든히 먹다 보면 마음이 풀리는 족속인데. 여태 그런 것도 모르고 계신가 보다.

그때 현관문이 열리는 소리가 들렸다. 거실로 커다란 꽃다발이 성큼성큼 들어온다. 꽃다발 뒤로 얼굴을 숨긴 사람은 아버지다. 아버지가 큼직한 꽃다발을 엄마에게 내밀면서 수줍어했다. 화해의 증표인가? 아니면 결혼반지를 버렸으니 다시 받아 달라는 두 번째 프러포즈?

"여보! 결혼기념일 축하해."

앗! 예상이 빗나가도 한참 빗나갔다. 오늘이 결혼기념일이었으면 진즉 말씀을 하시지. 십 년은 젊어지는 크림을 백 개라도 선물해 드렸을 텐데.

아버지가 한 오글거리는 화해 시도는 엄마에게 먹혔다. 엄마가 꽃다발을 받고 환하게 웃고 있다. 부부 싸움은 칼로 물 베기라더니 옛말이 틀린 게 하나도 없다. 어쩌면 그동안 나 모르게 두 분이 연락하고 있었을지도 모르겠다. 엄마를 환하게 웃게 만드는 건 아버지. 아버지를 화나게 만드는 건 나. 아버지가 나를 흘깃 쳐다봤다.

"오늘 결혼기념일인 거 알고 있지?"

오늘이 며칠인지도 잘 모르지만, 일단 아는 척을 한다.

"물론이죠. 알고 있어요. 축하드린다고 할 참이었어요. 엄마! 결혼기념일 축하드려요."

"말로만 때우지 말고 선물 사서 저녁에 와. 예약해 둔 레스토랑 정보 보내 줄 테니 그리로 오면 돼."

아버지가 신용카드를 내민다. 국어를 잘 못하는 아이라면 아버지가 한 말의 속뜻을 알아차리지 못했을 것이다. 그러나 나는 국어 점수가 꽤 잘 나오는 편이다. 나는 곧바로 집 밖으로 나왔다. 병원이나 미국으로 가라는 것도 아니니 이 정도는 부모님의 금슬을 위해서 당연히 해 드릴 수 있다.

천천히 걸어 단골 미용실로 향했다. 미용실 누나가 풍선껌을 불다가 나를 보더니 반색했다.

"제성아! 너 셀럽 됐더라."

"에이, 제가 뭔 셀럽이에요."

"헤어숍 오는 손님들이 모두 네 얘기밖에 안 해. 비스킷을 볼 수 있다니 대단하잖아. 영화사에서 출연 제의도 들어왔다며? 정말이니?"

내 목에 실크 커트보를 둘러 주면서 누나가 묻는다. 나는 뭐라고 대답해야 좋을지 몰라 애매하게 웃어 보였다.

창성이 형은 그날 비스킷이 모습을 드러낸 감동적인 장면을 촬영해 유튜브에 올렸다. 우리가 따돌렸음에도 불구하고 비스킷을 구하러 가는 걸 알고, 택시를 타고 뒤쫓아 왔다고 한다. 세상으로부터 관심받지 못한 비스킷이 용기를 내어 모습을 드러내는 순간을 창성이 형은 생생하게 포착해 냈다. 세상도 우리 가까이에 소외된 존재가 있다는 걸 그때야 비로소 알게 되었다.

용감하게 아이를 구한 학생들과 경찰의 극적인 출연 그리고 투명하던 몸이 선명한 색으로 바뀌며 스스로 모습을 드러낸 비스킷. 앞뒤 스토리를 덧입힌 창성이 형의 영상은 금세 유튜브 전체 기록을 갈아치우며 톱으로 등극했다.

유튜브 조회 수에 고무된 창성이 형이 영상을 편집해 틱톡에도 올리고 방송국에도 보냈다. 덕분에 웹툰 제안부터 다큐멘터리 영화 출연 의뢰까지 단시간에 관심이 물밀듯 들어온 것도 사실이다.

우리를 취재한 뉴스 방송이 나간 뒤에 효진이는 '걸크러시'의 대명사로 떠올랐다. 덕환이는 통깁스한 효진이를 안아 들고 뛰어간 일로 흑기사라는 별명을 얻었다. 두 사람을 친구 이상의 관계로 보는 사람이 많다. 둘도 그런 시선이 싫지 않은 기색이다.

창성이 형은 영상을 촬영한 장본인으로서 당시 긴박한 상황을 설명하는 인터뷰를 했다. 인터뷰 영상을 매일 돌려 보는 통에 한동안 우리한테 놀림거리가 되기도 했다. 어쩌면 짧은 영광을 잊지 못한 탓인지도 모른다. 비스킷 영상은 엄청난 조회 수를 기록했지만 이후 업로드한 다른 콘텐츠는 처참하게 망했으니까. 이전에 덕환이가 말하지 않았나. 콘텐츠가 성공하려면 기발한 아이디어가 있어야 한다고. 요즘 창성이 형은 비스킷 영상을 그만 우려먹으라는 악플에 시달리고 있다.

나는 청각이 예민해 병원 치료를 받고 있다고 방송에서 밝혔다. 어차피 신상은 털릴 테고 나중에 병원 진료 기록이라도 폭로되면 비스킷이라는 존재마저 거짓말처럼 비쳐질까 우려돼 예방 주사를 맞는다는 차원으로 먼저 밝힌 거다.

그런데 의외로 내 병을 단점으로 보지 않고 치켜세워 주는 사람들이 많았다. 방송에서 조리 있게 말하더라는 칭찬도 이어졌다. 내 말주변은 그리 어눌하지 않기 때문에 마땅히 받을 만한 칭찬이긴 하다. 재밌는 건 아버지의 페이스북에 자신의 말주변을 아들이 물려받았다는 글이 올라온 것이다. 그로써 당분간은 내가 아버지의 자식으로서 하찮지 않다는 걸 증명할 필요가 없어졌다.

물론 모든 게 다 해피엔딩으로 이어진 건 아니다.

영상이 공개된 이후 아직까지 비스킷이라는 존재에 대한 해결점은 보이지 않고 있다. 세상은 비스킷의 존재를 인정할지에 관한 갑론을박을 시작했다. 눈으로 보았어도 믿을 수 없는 존재. 보이지 않아도 좌시해선 안 되는 존재. 그 존재들이 모두 인간이고, 우리의 이웃이라는 걸 잊은 듯 논쟁은 끊임없이 이어졌다. 다만 모두가 공감하는 한 가지 사실은 누구도 비스킷이 되어서는 안 된다는 점이다.

비스킷은 자신을 소외시키는 주변에 의해 처음 만들어진다. 세상에서 소외되면 많은 사람들은 자존감을 잃고 세상에 모습을 드러낼 용기마저 잃고 만다. 그렇게 스스로 고립을 택하고 자신을 지켜 낼 힘을 잃으면서 단계를 넘나들게 되는 것이다.

우리는 매일 스스로를 지켜 내기 위해 힘껏 노력하지만, 꾹꾹 눌러 담았던 쓸쓸한 마음이 어쩔 수 없이 왈칵 쏟아지는 날이 있다. 그런 날에는 아무리 강한 사람이라도 모습이 희미하게 깜빡거린다. 그때 필요한 건 어디로 나아갈지 갈피를 잡지 못하는 아득함을 함께 바라보고 손잡아 줄 수 있는 누군가다.

누구나 비스킷이 될 수 있다. 또한 누구나 비스킷을 도울 수 있다. 그 전제를 잊지 않으면 모습이 사라져도 서로를 믿고 존중하며 건강하게 서서히 회복할 수 있다. 그걸로 반은 성공한 거다.

경찰서에서 돌아온 다음 날, 지안이가 비스킷에서 벗어났다는 소식을 전해 주었다. 부모님에게 소외되어 외로웠던 감정을 가족들에게 가감 없이 말했다고 한다. 부모님은 지안이에게 용서를 구했다. 지안이는 무뚝뚝함이라는 주특기를 발휘해 언니에게 대입 준비는 응원하나 성악 실력은 솔직히 꽝이라는 돌직구를 날리기도 했단다. 현재 언니는 진지하게 진로를 고민 중이다. 막내는 요즘 거실에서 뛸 때마다 지안이에게 잔소리를 듣고 있다. 막내가 둘째 누나를 마귀할멈이라고 부르는 이상, 지안이가 더는 비스킷이 되는 일은 없을 것 같다.

"제성아, 이제 다 됐다."

미용실 누나의 말에 질끈 감았던 눈을 떴다. 거울 속에는 낯선 소년이 앉아 있다.

"으아아악!"

"왜, 왜? 또 마음에 안 들어? 얘, 요즘 이런 머리가 가장 먹히는 스타일이야."

미용실 누나가 난처해한다.

"머리 때문에 그런 것 아니에요."

"그럼 뭐가 문젠데?"

"제가 너무 멋있어서 그래요. 중요한 약속 있는데 감사해요."

미용실 누나가 풍선껌을 다시 불었다.

"딱 셀럽처럼 보이네."

"누나, 한 달 뒤에도 저 셀럽으로 봐 주세요."

미용실 누나가 볼을 부풀려 분 풍선이 탁, 하고 터졌다. 사람들의 관심이 그리 길지 않다는 걸 누나도 아는 모양이다.

미용실을 나와 햇살이 내리쬐는 거리를 걸어서 대학 병원으로 향한다. 병원에는 영양실조로 입원한 희원이가 있다. 뉴스에서는 희원이를 주로 '최초로 발견된 비스킷'이라든가 '부모에게 학대당한 아이'로 부르고 있으나 우리에게는 그저 잘 웃는 희원이일 뿐이다.

수사 결과를 통해 드러난 바로는 이웃들은 희원이가 301호에 살고 있다는 사실을 몰랐다고 한다. 지금보다 더 어릴 때부터 희원이는 이사를 할 때마다 어떤 소리도 내지 말라는 협박을 받으며 살아왔다. 집 밖으로 나가지 못하도록 훈련도 받았다. 그래서 희원이는 죽은 듯이 사는 생활에 익숙했다.

윗집 남자는 구속되어 재판을 기다리고 있다. 희원이를 낳은 엄마도 학대의 공범이라 수사가 진행 중이다. 윗집 남자의 턱에 칼로 상처를 낸 살벌한 부부 싸움을 끝으로 엄마는 가정폭력을 피해 도망쳤다. 현재 행방은 알 수 없지만 희원이를 방치하고 방관한 것만으로도 죄가 깊다. 죗값은 반드시 어떤 식으로든 치르게 될 것이다.

수사 결과를 공유해 준 취재진 앞에서 효진이는 울음을 터뜨렸다. 희원이가 출생 신고가 되어 있지 않다는 지점에 이르러선 하도 울어 인터뷰를 중단해야만 했다. 희원이에게 진짜 이름이 없다는 것이, 나이를 파악할 방법이 키와 체중을 어림짐작하는 방법뿐이라는 것이, 그마저도 영양실조로 제대로 된 측정이 아니라는 것이, 앞으로도 영영 생일을 모른다는 것이 가슴을 아프게 했다.

희원이에게 이름을 지어 주자고 제안한 건 덕환이다. 역시 우리 팀의 브레인은 덕 도령이라고 치켜세우는 효진이에게 우리 팀에서 가장 반 등수가 낮은 사람에게는 누구나 브레인으로 보일 거라고 놀렸다가 풀스윙으로 등짝을 얻어맞았다. 나를 희생양 삼아 효진이가 기운을 얻었다. 마음을 진정시키느라 고생했으니 이번에도 내가 봐준다.

한나절 동안 머리를 맞대고 심사숙고해 정한 이름이 희원이다. 희원의 뜻은 어떤 일을 이루거나 하기를 바람. 같은 말로는 '희망'

이 있다. 앞으로 잘될 거라는 믿음이 희원이의 마음에 가득하길 바라며 이름을 수여하는 수여식도 했다. 다행히 희원이도 이름을 마음에 들어 했다. 물론 희원이는 건강이 회복된 뒤에 아동 복지 기관과 상의해 따로 이름을 정할 거다. 그때까지 희원이가 더는 비스킷이 되지 않도록 소원을 잔뜩 만들고, 들어주는 작업을 우리가 하기로 결의했다.

병원 정문 앞에 우리 팀이 보인다. '생일 축하해'가 적힌 왕관을 쓰고 알록달록한 헬륨 풍선을 든 효진이와 억지로 쓴 게 분명해 보이는 고깔모자를 이러지도 저러지도 못 하고 있는 덕환이가 커다란 선물 상자를 들고 있다. 새롭게 합류한 지안이는 케이크 모양 안경을 쓴 채 한 손에는 케이크를, 다른 손에는 내게 입힐 괴상한 소품을 들고 있다.

우리 팀의 꼴을 보고 나니 뒤돌아 도망치고 싶은 마음이 굴뚝같지만 생일 파티를 망치는 행동은 하지 않을 거다. 그러니 내가 할 수 있는 최대치로 환하게 웃으며 친구들에게로 다가간다.

오늘은 희원이의 첫 생일. 그리고 세상에서 마주치는 비스킷에게 응원을 전하는 첫날이다.

『비스킷』은 존재감이 없는 '나'라는 사람의 고뇌에서 시작된 소설이다. 나는 존재감이 없다는 말을 대학교 1학년 때 처음 들었다. 내게 고백했던 남자애가 한 말이라 꽤나 충격받은 기억이 난다. 나를 좋아하는 사람조차 이렇게 생각한다면 다른 사람들은?

곰곰이 돌아보니 그 애의 말이 어느 정도 이해가 갔다. 나는 대체로 말이 없는 편이고 사람들과 어울리는 데도 서툴렀다. 내향적인 인간인지라 사회생활을 하면서도 역시 나는 존재감이 부족하군, 이런 생각을 종종 하곤 했다.

지금도 여전히 내가 존재감을 원하고 있을까를 고민해 보면, 그건 또 아니다. 나이를 먹다 보니 아무리 '핵인싸'여도 한순간에 존재감이 사라질 수 있다는 사실을 배웠다. 사람은 순간순간 고독을 맛보는 존재. 그러니 누구나 상황에 따라 존재가 위태로울 수 있다. 그럴 때를 대비해 툭툭 털고 일어나는 자존감을 키우는 게 백배 더 낫다는 걸 이제는 안다.

앞으로 오랜 여정이 남은 나의 독자님들이 이 책을 통해 뭔가를 찾길 바란다. 존재감이 없어도 나쁘지만은 않다는 사실이나 자존감만은 지켜 내자는 심오한 철

학이 아니라도 괜찮다. 지금의 고민을 잊을 만큼 재미를 느끼는 것만으로도 충분하다. 더 나아가 고민을 해결할 실마리를 이 책에서 찾는다면 금상첨화. 소외된 주변인을 지켜 주겠단 생각을 할 수 있다면 더할 나위 없다. 그 무엇이라도 나의 독자님들이 경이로운 세상 속으로 한 발 더 깊숙하게 들어가는 경험에 이 책이 보탬이 되면 좋겠다.

『비스킷』이 세상에 나올 수 있도록 도움을 준 위즈덤하우스 관계자들과 심사위원분들에게 감사 인사를 드린다. 특히 처음부터 끝까지 긍정적인 피드백으로 힘을 준 정지혜 편집자님의 상냥함에는 찬사를 보낸다. 부모님과 동생, 친구들, 비밀스러운 사람들의 지지가 있었기에 나는 지금껏 사라지지 않았다. 그 사랑에 정다운 보답을 할 수 있는 따뜻한 사람이 되고 싶다.

마지막으로 설레고 떨리는 지금의 마음을 전한다.
나의 독자님, 『비스킷』을 읽어 주어서 고맙습니다.
부디 재미있게 읽으셨길 바라며 남은 여정에 행복을 빕니다!

2023년 가을, **김선미**

★★★★★

『비스킷』에 보내는 청소년 심사위원단의 찬사

비스킷이라는 과자의 특성을 이용해 존재감이 없는 사람을 표현한 점에서 놀랐고,
예측할 수 없는 스토리에 빠져드는 기분이었다. **권은수, 인천신송초등학교**

떠올리지 않고, 말을 하지 않으면 잊히는 그런 존재들이 내 주변에도 있을 수 있기에
비스킷이 현실에도 옅게 존재할 수 있다고 생각한다. 제성이처럼 그들을 찾아 주고,
말을 들어 주고 존재를 일깨워 주는 사람이 현실에도 더 많이 존재하면 좋겠다는 생각이 들었다.
김진서, 김해중앙여자고등학교

상상치 못한 주제가 하나의 이야기로 만들어져 놀라웠다. 평소 존재감이라는 단어에
신경을 쓰지 않았지만 이 책을 통해 존재감에 대해 다시 한번 생각해 볼 수 있는
기회가 되었다. 책을 덮자마자 벌써 이야기가 끝났다는 아쉬움과 가시지 않은 여운이
나를 더욱더 이 책에 더 빠져들게 만들었다. **김예은, 구월여자중학교**

존재감을 찾기 위해 발버둥 치는 우리 모두에게 건네는 담담한 위로. **박찬희, 반송중학교**

읽으면 읽을수록 다음 내용이 기대되는 책! 흥미로운 소재, 좋은 필력, 빈틈없는 전개.
삼박자가 맞아 떨어진 완벽한 소설. **변지혜, 대전송촌고등학교**

사람들은 누구나 비스킷의 단계를 한 번쯤 경험한다.
내 안의 자존감을 주인공과 깨워 갈 수 있는 책. **양현지, 장안중학교**

소외된 사람들의 마음을 헤아리고 나와 내 주변 사람들의 존재감을 확인하게 해 주는
따뜻한 책이었다. **어유빈, 서정고등학교**

쉬지 않고 단숨에 읽어 버린 책이다. 특이한 주제, 흥미진진한 스토리,
개성 있는 등장인물들이 정말 좋았다. **오수영, 언주중학교**

사회에서 외면 받고 있는 사람들을 비스킷이라고 표현한 점과 그 사람들에게 주는
작은 도움이 큰 힘이 되어 줄 수 있다는 것을 깨닫게 해 준 책이었다. **왕소현, 대전하기중학교**

천천히 읽다가 조금씩 스며들며 나중에 그냥 빠져드는 책이다. **우지인, 동진여자중학교**

존재감 없는 이들이 자신을 드러내기 위해서는 스스로의 노력과 함께
다른 사람들의 도움이 필요하다고 생각하는데 『비스킷』은 이야기를 통해 존재감 없는 자들을 위한
또 하나의 목소리가 되어 그들에게 도움의 손길을 내밀고 있는 책이다. **맹서현, 두일중학교**

단언컨대 심사위원이라는 신분으로 『비스킷』이라는 작품을 먼저 접하게 된 것은
큰 행운이었다고 말하고 싶다. 입체적인 캐릭터는 한 명 한 명에 이입하며 읽게 해 주었고,
서사 전개 과정도 탄탄해 작가님의 내공을 엿볼 수 있었다. 박건우, 홈스쿨링

청각 질환을 앓고 있는 주인공이 예민한 귀로 비스킷을 구하며 성장하는 스토리가
인상 깊은 작품이었다. 스토리가 정말 흥미진진하게 진행이 되어서 시간 가는 줄 모르고
계속 읽었던 것 같다. 인생작이다! 양정원, 부천남중학교

존재감을 '비스킷'에 빗대어 풀어 낸 것이 흥미로웠다. 이소현, 홈스쿨링

나와 내 주변에 대한 관심의 중요성을 일깨워 준 책. 이수, 한신초등학교

존재감이 없는 사람들을 '비스킷'이라고 표현한 것부터 작가님 필력과 내공을 알 수 있었다.
비스킷은 주위에서 흔히 볼 수 있는 간식이다. 가벼운 마음으로 읽기 시작했는데,
뒤로 갈수록 긴장감 있는 전개 때문에 손에서 놓을 수가 없었다. 이수아, 선일여자중학교

희미해져 버린 사람들에게 반짝임을 선사하는 작품. 이영채, 개원중학교

자신이 가진 병을 이용하여 사라져 가는 사람을 구한다는 점이 좋았다. 이준우, 장흥중학교

언제 자신의 존재감이 희미해질지 모르는 현대 사회에서,
상처받은 많은 사람들에게 위로와 희망의 메시지를 전하고 있다. 이채윤, 난우중학교

존재감이 사라져 비스킷이 되어 버린 사람들을 보게 된 소년의 특별한 판타지 성장 이야기.
이현우, 온양중학교

주변에 소외되는 사람들을 한 번 더 돌아볼 수 있게끔 해 주는 뜻 깊은 작품이었다.
임채린, 한영중학교

평소 의식하지 못하고 있던 내 '존재감'을 되짚어 보고
나를 소중히 여기게 만들어 주는 감동적인 책이다. 장채원, 속초해랑중학교

매력적이고 입체적인 주인공과 친구들. 책의 후반부에선 나도 그들과 함께
대단한 히어로가 된 것 같아 책에서 손을 뗄 수 없었다. 정수안, 소하고등학교

존재감에 대해 고민이 많은 청소년들에게 힘이 되어 주는 책. 한아현, 역곡중학교

나도 눈에 보이지 않는 비스킷을 구하고 싶어지게 만드는 마법 같은 책이다. 하태유, 인천마장초등학교

오랜만에 손을 떼려야 뗄 수 없는 책을 만났다. 정말 과장이 아니라 너무 재미있다.
한채우, 이우중학교

제1회 위즈덤하우스
어린이청소년 판타지문학상 청소년 심사위원단

강태완 춘천중학교
공이현 상명대학교사범대학부속여자중학교
구동환 양학중학교
권은수 신송중학교
김가은 화계중학교
김규민 안천중학교
김규민 서울서강초등학교
김도이 Shepherd International Education
김민재 종암중학교
김서진 서울중앙여자중학교
김승혜 반포고등학교
김예린 갈뫼중학교
김예은 구월여자중학교
김유나 서귀포대신중학교
김지우 대구강동학교
김진서 김해중앙여자고등학교
김태양 양학중학교
김하경 호원고등학교
김현진 진산중학교
김화연 인천초은중학교
나하경 거원중학교
노주희 신구중학교
맹서현 두일중학교
문가은 신동중학교
문수현 세화여자중학교
박건우 홈스쿨링
박승후 아인초등학교
박연서 세종중학교
박찬희 경기반송중학교
백혜인 광신방송예술고등학교

변규미 서울대영중학교
변지혜 대전송촌고등학교
신유빈 청계중학교
신윤한 명일중학교
안유은 장승중학교
양정원 부천남중학교
양현지 장안중학교
어유빈 서정고등학교
오수영 연주중학교
오장현 둔촌중학교
왕소현 대전하기중학교
우지인 동진여중학교
유지안 보람중학교
유진서 경기창조고등학교
윤선혜 인천청람중학교
윤세영 전주근영중학교
윤채은 양학중학교
이건희 홈스쿨링
이나율 조처원중학교
이민정 인천신현고등학교
이서준 난우중학교
이서진 화신중학교
이선재 숭문고등학교
이소현 홈스쿨링
이송연 야탑중학교
이수 한신초등학교
이수아 선일여자중학교
이영채 개원중학교
이예은 동덕여자고등학교
이예인 완산중학교

이정하 내정중학교
이준우 장흥중학교
이채윤 난우중학교
이현우 온양중학교
임소윤 옥동중학교
임예주 서울구암중학교
임채린 한영중학교
장연주 태장중학교
장채원 속초해랑중학교
전현수 연북중학교
정수안 소하고등학교
정수찬 가락중학교
정시영 전동중학교
정지훈 청량중학교
정한울 태장중학교
정희원 삼천포여자중학교
조연우 대전서일고등학교
조은솔 고려대학교사범대학부속중학교
조은채 교하중학교
최아정 푸른숲발도르프학교
최유담 과천중학교
하레아 유곡중학교
하태유 인천마장초등학교
한아현 역곡중학교
한예지 자양중학교
한유준 서울개운중학교
한채우 이우중학교
홍수림 흥덕중학교
황채원 선화예술중학교

STEP 1.
독자 심사위원 선발

수상작 두 편을 꼼꼼히 읽고 대상과 우수상을 선정해 줄 청소년 심사위원단 120명을 선발했습니다.
청소년들이 보내 준 심사위원에 임하는 각오와 도서 리뷰가 심사위원을 선발하는 기준이 되었습니다.

STEP 2.
위촉증과 수상작 두 편 발송

선발된 청소년 심사위원단에게 위촉증과 수상작 두 편을 전달하며
본격적인 심사가 시작되었습니다.

STEP 3.
작품 함께 읽기

청소년 심사위원단들이 모인 밴드에 날마다 읽을 분량과 함께 질문을 올라오면,
심사위원단이 함께 읽고 질문에 대해 자신의 생각을 남겨 주었습니다.
이렇게 한 주 동안 하나의 작품을 읽고 작품에 대한 감상을 정리했습니다.

STEP 4.
줌 심사 모임

댓글로만 소통하던 심사위원단 친구들과 줌에서 만났습니다. 선생님과 함께 서로
배려하고 경청하며 작품에 대한 이야기를 나누며, 한층 작품에 대한 이해가 깊어졌습니다.
책을 좋아하는 친구들과 함께 책 이야기를 맘껏 나누는 행복한 경험이었습니다.

STEP 5.
별점과 한 줄 평 남기기

함께 읽고 정리한 감상을 토대로 청소년 심사위원단이 직접 각 작품에 대해
별점을 남기고 대상과 우수상을 선택했습니다. 마지막까지 진지하게 작품을 읽고
소중한 한 표를 던져 준 심사위원단에게 감사의 인사를 전합니다.

*청소년 심사위원단 신청 방법은 위즈덤하우스 홈페이지 공지사항을 참고하세요.

텍스트**T** 007
비스킷

초판 1쇄 발행 2023년 9월 18일
초판 12쇄 발행 2024년 9월 13일

글 김선미
펴낸이 최순영

어린이 문학 팀장 박현숙
편집 정지혜
키즈 디자인 팀장 이수현

펴낸곳 (주)위즈덤하우스 **출판등록** 2000년 5월 23일 제13-1071호
주소 서울특별시 마포구 양화로 19 합정오피스빌딩 17층
전화 02)2179-5600
홈페이지 www.wisdomhouse.co.kr **전자우편** kids@wisdomhouse.co.kr

ⓒ 김선미, 2023

ISBN 979-11-6812-763-0 43810